로크미디어가
유혹하는
재미있는 세상

ROK
MEDIA
로크미디어

사상 최강의 양손 투수 2

2023년 4월 18일 초판 1쇄 인쇄
2023년 4월 21일 초판 1쇄 발행

지은이 RAS
발행인 강준규

기획 이기헌 왕소현 박경무 강민구 조익현
책임편집 천기덕
마케팅지원 이원선

발행처 (주)로크미디어
출판등록 2003년 3월 24일
주소 서울시 마포구 마포대로 45 일진빌딩 6층
Tel (02)3273-5135 **Fax** (02)3273-5134
홈페이지 rokmedia.com **E-mail** rokmedia@empas.com

ROK
MEDIA
로크미디어

사상 최강의
양손투수

RAS 스포츠 장편소설 ②

CONTENTS

한국의 원병훈 국장과 미국의 버드 셀릭 커미셔너가 각각
의 나라에서 고함을 지르고 있을 무렵.

"한국에서 말입니까?"

"네, 그렇습니다. 아주 애가 탄 모양이던데요."

김신은 에이전트 헤빈 디그라이언과 호텔 방에서 논의에
한창이었다.

"훈련에는 전혀 영향 안 가게 그쪽에서 다 맞춘다고요?"

"네, 일정과 시간 모두 우리한테 맡기겠다고 했습니다."

"흐음……."

"그리고 사무국에서도 홍보 동영상 촬영과 인터뷰를 요청
해 왔습니다. 자세한 사항은 이걸 보시죠."

논의의 주제는 한미 양국의 두 남자가 간절히 바라는 김신의 방송 노출.

　특히 강력히 요청해 온 곳은 한국의 MBS와 버드 셀릭의 메이저리그 사무국이었지만, 그걸 제외하고서도 혜빈의 메일에는 수많은 방송사의 요청이 쌓여 있는 상태였다.

　'데뷔 시즌에는 방송 출연을 자제할 생각이긴 했는데……'

　만약 자신의 방송 출연이 오롯이 방송사들의 이익으로 귀결되는 것이었다면, 김신은 고민조차 하지 않았으리라.

　그들의 이익을 위해 김신 자신이 세운 선을 무너뜨릴 이유는 없었으니까.

　하지만 현재 김신에 대해 궁금해하는 팬들의 성원은 김신의 귀에도 들리고 있었고.

　'생각보다 상황이 안 좋은가 보군. 어쩔 수 없지.'

　버드 셀릭이 밤잠을 이루지 못하는 이유도 김신의 마음을 움직였다.

　미래에서 돌아온 김신 또한 이 시기의 메이저리그가 미국 대중의 인기를 얼마나 잃었는지.

　그걸 뒤집기 위한 슈퍼스타가 얼마나 필요한지 잘 알고 있었으니까.

　하지만 아무리 그래도 모든 요청에 응하는 건 어불성설.

　'어차피 할 거라면 한 방에 가자.'

　잠시 고민하던 김신은 손가락을 펴 들었다.

"세 개만 하죠."

"세 개나 말입니까?"

"네. 싫으세요?"

"아닙니다! 말씀하십시오. 바로 추진하겠습니다."

과장된 자세로 태블릿 PC를 펼쳐 드는 헤빈을 보며 잠시 웃음 지은 김신은, 곧바로 손가락을 접으며 그 기대에 부응했다.

"첫째는 MBS의 인터뷰입니다. 5월 8일, 템파베이와의 1차전 날로 하죠. 원정 등판 바로 다음이긴 하지만, 홈으로 돌아오는 날이니 괜찮을 듯싶습니다."

"알겠습니다. MBS 측에 전달하죠."

"둘째, 셋째는 5월 9일과 10일. 순서는 상관없고, 사무국의 홍보 동영상 촬영과 토크쇼로 하겠습니다."

"토크쇼요?"

생각지 못했던 김신의 발언에 놀라는 헤빈.

하지만 김신은 기다리지 않고 계속해서 말을 이었다.

"네, 적당한 걸로 하나 골라 주세요. 팬들께 인사드리기 위함이니, 너무 자극적이지 않은 걸로요."

"으음……."

헤빈은 곧바로 답변하지 못하고 잠시간 침음을 흘렸다.

'토크쇼라…….'

걸출한 야구 선수라는 사실이 토크쇼에서 걸출한 입담을

발휘하리란 것을 보장하진 않으니까.

오히려 그 반대의 경우를, 그로 인해 구설수에 오르는 선수들을 많이 봐 온 헤빈이었으니까.

하지만 그동안 헤빈 디그라이언이라는 노련한 에이전트가 바라봐 온 김신은 평범한 선수가…… 아니, 평범한 사람이 아니었다.

'마치 미래에서 돌아온 듯해.'

자신의 주변을 둘러싼 모든 것을 원하는 대로 주물러, 한 치의 흔들림 없이 야구에 집중하는 남자.

야구가 아닌 다른 무언가를 했더라도 순식간에 그 분야의 거인이 됐을 것만 같은 남자.

그것이 바로 헤빈이 판단한 김신이었다.

그리고 그가 추천해 줬던 선수 명단에까지 생각이 닿은 헤빈은, 즉각 고개를 끄덕였다.

"알겠습니다."

"좋습니다."

한미 양국의 팬들과 사무국의 요청까지 모두 챙긴 김신.

그는 그것에 그치지 않고 자신의 에이전트를 위해 다시 손가락 하나를 폈다.

"그리고 헤빈이 원하는 광고 하나 찍죠. 촬영은 무조건 2시간 이내에 끝나는 걸로. 날짜는 5월 19일이나 20일. 토론토 원정에서 돌아온 다음입니다."

"진심이십니까?"

"네, 진심이에요. 앞으로도 이것과 비슷한 조건이라면 광고는 웬만하면 찍겠습니다. 인터뷰도 시즌 루틴에 방해되지 않는 선이면 고려하겠습니다."

완고했던 김신의 변화에 헤빈은 눈을 크게 떴지만.

곧 다시없을 기회라고 여겼는지 크게 대답하며 태블릿 PC로 고개를 숙였다.

그러고는 잠시 그곳에 일정을 기입하더니.

"심경의 변화가 있으셨던 듯한데, 그럼 하나만 더 제안드려도 되겠습니까?"

김신에게 추가적인 제안을 건네는 것이었다.

"뭡니까?"

김신은 지금쯤 헤빈의 입에서 나올 만한 제안이 무엇일지에 대한 경우의 수를 머릿속에 떠올리며 물었다.

"스폰서 계약입니다."

헤빈은 명쾌히 답했다.

"흠, 단년 혹은 1+1년 계약 같은 단기 계약을 말하는 거겠죠?"

"그렇습니다. 자세한 조건은……."

기다렸다는 듯 나온 김신의 질문에 헤빈이 '역시'라는 표정을 지으며 세부 사항에 대해 설명하려던 찰나.

띠리링- 띠리링-!

헤빈의 핸드폰이 울음을 토해 냈다.

"헛, 죄송합니다. 제가 진동으로 해 두는 걸 깜빡했군요. 실례지만 잠시 전화 좀 받아도 되겠습니까?"

"그러세요."

"넵, 잠시 자리 좀 비우겠습니다."

헤빈 정도의 에이전트가 소속 선수와의 미팅 자리에서 깜빡하고 핸드폰 소리를 켜 둘 리 만무한 일.

그것은 헤빈이 따로 운용하고 있는 VIP 직통 전화였다.

'죄송하기는. 무조건 켜 둘 거면서.'

지난 생에서도 몇 번이고 보았던 모습.

참 한결같은 사람이라고 생각하며 김신은 조용히 턱을 쓰다듬었다.

'괜찮겠지, 이 정도는.'

그러나 상당한 시간이 지나도 헤빈은 돌아오지 않았다.

'뭐지? 요즈음 큰일이 터질 만한 건 없을 텐데?'

김신이 고개를 갸웃거리며 기다리길 수 분.

방으로 돌아온 헤빈은 하나의 이름을 언급했다.

"늦어서 죄송합니다, 김신 선수. 지금 로비에 그렉 매덕스 씨가 와 계십니다. 김신 선수를 뵙고 싶다고 하시는군요."

지금은 텍사스에 있어야 할, 전설의 이름을.

예상치 못한 상황에 자신도 모르게 반문을 토해 낸 김신.

"누구시라고요?"

"들으신 대로입니다. 지금 로비에 마스터, 그렉 매덕스 씨가 김신 선수를 뵙고자 와 계십니다."

그렉 매덕스.

1990년대 초, 애틀랜타 브레이브스의 전성기를 이끌며 4회 '연속' 사이 영을 수상한 대투수.

구구절절 설명하지 않아도 메이저리거라면, 특히 투수라면 모를 수가 없는 명예의 전당 첫 턴 입성 예정자.

김신의 눈동자에 흥미가 차올랐다.

장기 계약을 통해 거액을 선사받고 한 구단에서 오랫동안 뛰는 스타플레이어와 달리, 매년 구단을 옮겨 다니며 메이저리그라는 야생에서 간신히 생존하고 있는 사람들이 있다.

저니맨(Journey man).

1년마다 구단을 옮기는 것이 여행을 다니는 것과 흡사하다 하여 붙여진 이름.

그러나 그 조롱 섞인 이름은, 다른 관점에서 보면 실력의 증명이기도 하다.

애초에 실력이 없으면 다른 구단에서 받아 줄 리가 없으니까.

즉, 팀의 부족한 전력을 급한 대로 채워서 순위 상승을 기대해 볼 만한 실력은 있지만 팀의 주축으로 활용하기는 어려운 B급 선수.

그것이 바로 저니맨이다.

그리고 선수 생활 말년의 그렉 매덕스는.

저니맨이었다.

"흐음, 뉴욕은 오랜만이네."

보통의 스타플레이어라면, 장기 계약의 종료와 함께 은퇴하거나.

은퇴하지 않더라도 뛰었던 구단과 단기 계약을 맺고 유종의 미를 거둔다.

하지만 매덕스는 그렇게 하지 않았다.

더 이상 승리할 수 없다 판단할 때까지 뛰고 또 뛰었다.

왜일까?

이유는 간단하다.

그의 가슴속에 타오르는 야구에 대한 열정이 아직 꺼지지 않았기 때문에.

4번의 사이 영도, 라이브볼 시대 최고의 우완 투수라는 찬사도 그를 멈추게 할 수 없었기 때문에.

결국 오직 시간만이 그를 멈추게 만들었다.

그러나 2008년 은퇴 후, 잠시간 시카고 컵스에서 단장 보좌로 일하던 매덕스는 결국 참지 못하고 뛰쳐나와.

2011년부터 형 마이크 매덕스와 함께 텍사스 레인저스에서 투수 인스트럭터로 활동하게 된다.

자신이 뛸 수 없다면 대신 뛸 사람을 육성하겠다는 생각이었을까?

하지만 '천재형'의 선수일수록 뛰어난 지도자가 되기는 어려운 법.

그의 형 마이크 매덕스가 지도자로서 승승장구하는 동안 그렉 매덕스는 이해하지 못할 학생들의 실수에 울분만 터뜨려야 했다.

심지어 역대 일본 최고의 투수이자 미래의 사이 영 수상자인 다르빗슈 유도 그를 만족시키지 못했다.

그런 상황에서 눈에 띈 한 사람.

뻐엉-!

김신.

그가 첫 등판한 시범 경기에서부터 매덕스는 김신을 눈여겨보고 있었다.

'처음에는 그저 캐시먼이 왜 무리를 하나 궁금했을 뿐인데.'

천재는 천재를 알아보는 법.

화면 너머로 보았지만, 그 포구음은 소리만으로도 매덕스의 심경을 움직이기에 충분했다.

그리고 지난 텍사스전에서 그 투구를 직접 눈으로 본 순간.

그는 결정했던 것이다.

벌컥-!

이 문을 열고 들어갈 것을.

"반갑습니다, 마스터. 김신입니다."

정중히 인사하면서도 눈에 자신감이 한가득 차 있는 이 남자를 만날 것을.

"반갑습니다, 김신 선수. 나, 그렉 매덕스요."

그리고 이 말을 할 것을.

"혹시 체인지업 좀 배워 볼 생각 없습니까?"

그 제안에 대한 김신의 답변은 간단했다.

"혜빈, 지금까지 했던 이야기들, 다 폐기해 주세요."

"네, 알겠습니다."

꽈악—!

"잘 부탁드립니다."

두 천재의 손바닥이 거세게 마찰했다.

"일단 한번 던져 보게."

특유의 친화력과 입담으로 고작 짧은 시간 만에 김신과 수년쯤은 알고 지낸 사이처럼 다가온 매덕스.

훈련장에 들어서자마자 김신에게 체인지업의 그립에 대해 알려 준 그는, 다짜고짜 김신에게 투구를 종용했다.

새로운 구종을 익힌다는 건 결코 쉬운 일이 아니다.

짧으면 수개월, 길면 수년을 연마해야 하는 고행의 길.

더군다나 십여 분 만에 배운 그립으로 공을 던진다는 건 부상의 우려도 있는, 말도 안 되는 행위였다.

하지만 김신은…….

"알겠습니다."

별일 아니라는 듯 고개를 끄덕였다.

그 덤덤함에 이채를 띤 매덕스의 손짓과 함께 날아간 김신의 공은.

뻐엉-!

"어떻습니까?"

매덕스를 놀라게 하기에 충분했다.

"자네, 체인지업을 던질 줄 알았나?"

"실전에서 사용할 수 있을 정도는 아니지만, 연습은 했습니다."

'이번 생에선 안 해 봤지만.'

왼손의 구속을 잃은 2031년.

김신은 안 던져 본 구종이 없다고 할 정도로 수많은 구종을 연마했다.

그 안에 체인지업이 없을 리 만무한 일.

'역시 몸에 안 맞는 옷 같아.'

하지만 여전히 만족스럽지 못한 결과에 김신은 미간을 찌푸렸다.

"그렇군. 그럼 바로 알려 줘도 되겠구먼. 공 좀 줘 보겠나?"

"예."

김신의 말과 태도를 별 의심 없이 받아들인 그렉 매덕스는, 공을 넘겨받고는 검지와 중지를 동그랗게 붙여 OK 모양을 만든 채 김신에게 보여 주었다.

"이번에는 이렇게 한번 던져 보게."

일반인도 쉽게 찾아볼 수 있을 만큼 널리 알려진 그립.

그것은 '외계인' 페드로 마르티네즈와 '마스터' 그렉 매덕스가 결정구로 사용했던……

"서클 체인지업입니까?"

대약물시대를 풍미한 마구(魔球)였다.

현대 야구에는 수많은 구종이 있다.

그렇다면 그 수많은 구종 중 제일은 무엇일까?

답이 있기 어려운 질문이다.

상황마다, 투수마다, 어떤 타자를 상대하느냐에 따라 다를 테니까.

하지만 그저 데이터만을 기반으로 평가한다면 그 답은 있다.

슬라이더.

2007년 이후 구종 가치 1위를 단 한 번도 내주지 않은 변화구의 왕.

강력한 횡 변화와 미세한 종 변화를 바탕으로 수많은 같은 손 타자의 언터처블로 군림하는 공.

하지만 그 슬라이더에는 치명적인 약점이 있다.

슬라이더는 같은 손 타자의 바깥쪽으로 빠져나가는 듯한 움직임을 보인다.

즉, 좌투수가 던지는 슬라이더는 좌타자 입장에선 스트라이크인 척하면서 존 밖으로 빠져나가는 볼이며.

칠 수 있을 것같이 다가와 방망이를 희롱하며 도망가는 공이다.

그러나 우타자 입장에선 어떨까?

볼인 척하다가 존 안으로 들어오는 스트라이크.

칠 수 없을 듯 보였지만, 칠 수 있는 공.

그렇게 바깥쪽에서 존 안으로 들어오며 스트라이크를 잡는 슬라이더를 백도어 슬라이더라고 한다.

물론 한두 번씩 의표를 찌르는 식으로 던질 수는 있다.

하지만 이 백도어 슬라이더는 상대에게 간파당하면 바로 장타로 연결되는, 위험성이 엄청난 선택이다.

즉, 자주 선택할 수 있을 리 만무한 구종.

쉽게 말하면 반대 손 타자를 상대로 슬라이더를 던지기는 상당히 애매하다는 말이다.

그런데 마치 신이 안배해 둔 것처럼 이런 슬라이더와 대칭적인 움직임을 보이는 구종이 있다.

그것이 바로.

뻐엉―!

"다시! 포심과 미세하게 폼이 달라! 그리고 역회전도 더 걸려야 해!"

서클 체인지업이다.

본디 체인지업이란 속구와 정확하게 같은 폼에서 쏘아지는 구종으로.

속구보다 10마일 이상 구속이 낮기에, 속구에 타이밍을 맞추고 있던 타자의 방망이를 끌어내 범타를 유도하는 공이다.

그런데 거기에 '서클'이란 단어가 붙으면, 이야기가 완전히 달라진다.

범타를 유도한다는 체인지업의 기본 기능에도 충실할 뿐만 아니라, 역회전성까지 가미되면서 슬라이더와 완벽히 반대 방향의 움직임을 보이는 것이다.

물론 그 변화는 슬라이더만큼 크지 않지만, 타자들을 속여 넘기기엔 충분한 수준.

그렇기 때문에 이 서클 체인지업은 좌완 투수나 우완 언더핸드 투수에게는 가히 전가의 보도라 할 만하다.

뻐엉―!

"후우……."

그 서클 체인지업이 지난 생에도, 이번 생에도 김신을 희롱하고 있었다.

'알고는 있었는데, 역시나네.'

김신이라고 왜 몰랐겠는가.

그의 주변에 있던 전문가들이 왜 체인지업의 장착을 추천하지 않았겠는가.

그저, 못했을 뿐이다.

'도대체 이유를 모르겠네, 진짜.'

2012년보다 수십 배는 발전한 2030년대의 기술 지원 아래, 김신은 각고의 노력으로 체인지업을 장착하고자 했었다.

하지만 인간의 몸은 입력한 대로 나오는 컴퓨터가 아니었고.

선발 투수 김신은 매우 예민한 동물이었다.

'도저히 감이 안 오는 걸……'

한두 번 깜짝쇼로 던질 만한 수준까지는 어떻게든 끌어 올렸지만.

도저히 주 무기로 사용할 수는 없는 공.

그것이 바로 김신에게 서클 체인지업의 의미였다.

그럼에도 김신이 또다시 체인지업의 그립을 쥔 것은.

"킴, 잠시 이리로 와 보게."

"예."

마스터라 불리며 약물 시대를 뚫어 낸 청정 투수 그렉 매덕스와.

"지금 보면, 너무 공에 힘이 많이 전달되고 있어. 물론 힘든 건 알지만 좀 더 손바닥으로 공을 쥐어 보게."

"알겠습니다."

그때와는 다른, 온몸에 차오르는 젊음을 믿어 보고자 했기에.

"하루아침에 만들 수 있는 건 절대 아니니 조급해하지 말고. 오늘은 조금만 더 던져 보자고."

"예, 조금만 더 해 보겠습니다."

'안주하지 않겠다.'

끝없이 발전하고자 하는 그의 향상심이 충족될 기회가 찾아왔기에.

뻐엉-!

그리고.

'선물 하나 정도는 들고 가야지.'

지난 생, 이미 전성기가 훌쩍 지나서 만났음에도 감탄밖에 할 수 없었던 어떤 타자에게.

'곧 보자고, 마이크.'

드디어 다시 콜업된 친구에게 깜짝 선물을 선사하고 싶었기 때문이었다.

뻐엉-!

"이번 거 좋았어! 그대로!"

김신의 등이 땀으로 흠뻑 젖었다.

◉

5월 초는 많은 일과 함께 정신없이 지나갔다.

바이오 제네시스 스캔들에 연루된 대부분의 선수들이 출장 정지 징계를 받았으며.

알렉스 로드리게스 또한 원역사와 달리 징계를 순순히 수용하여.

잔여 경기, 총 134 경기 출장 정지의 처분을 받았다.

본디 수비 훈련 도중 십자인대 부상을 당했던 마리아노 리베라는, 김신의 조치 덕에 무사히 말년을 보낼 수 있게 되었지만.

데이비드 로버트슨은 결국 부상으로 시즌 아웃을 당했고.

마이너에서 경기 감각을 조정하고 올라온 앤디 페티트는 준수한 3~4선발급 성적을 보이며 이번 시즌 양키스의 미래를 기대하게 했다.

그동안 김신은……

〈김신! 4월 이달의 신인상, 투수상 동시 수상!〉

〈박천후에 이은 두 번째 이달의 투수상, 최희석에 이은 두 번째 이달의 신인상!〉

4월에 자신이 가장 빛난 선수였다는 것을 만천하에 인정받았으며.

〈김신, 9이닝 1실점 완투! 볼티모어 셧아웃!〉
〈뉴욕 양키스, 캔자스시티 로열스 상대로 10-2 대승! 김신, 7이닝 무실점 완벽투!〉

그 퍼포먼스가 그저 플루크가 아니라는 것을 증명했다.
"야, 야, 넌 어째 맨날 똑같냐?"
"······."
"예고하고 던져야만 받는 거야? 패스트볼 좀 던지다가 브레이킹 볼 나오면 바로 빠뜨리네?"
"이 씨, 다시 해!"
또한, 계속해서 누군가의 끔찍한 수비력을 구제하기 위해 애썼으며.
뻐엉—!
"헤이, 헤이! 그게 아니잖아! 다시!"
"······알겠습니다."
몸에 맞지 않는 옷을 수선하기 위해 구슬땀을 흘렸다.
그리고 5월 12일.
김신의 등판 경기가 다가왔다.

〈뉴욕 양키스 VS 시애틀 매리너스! 김신, 2차전 선발 낙점!〉

두 명의 왕이 격돌하는 경기가.

5월 12일.

해가 서서히 반대편 하늘로 발걸음을 옮기는 이른 오후.

뻐엉—!

언제나처럼 김신의 불펜 피칭을 받아 주던 게리 산체스는 인상을 구겼다.

'정말 적응 안 되네.'

4월의 마지막 경기에서 그랬던 것처럼, 또다시 김신의 태도가 이상해졌으니까.

미래의 산체스라면 또 이중인격이 나왔다며 놀리고 있었겠지만, 현재의 산체스는 고작 두 번째 보는 모습.

적응이 된다면 이상한 일이리라.

뻐엉—!

하지만 적응이 안 되는 것과는 별개로, 산체스의 얼굴에 의문의 기색 따위는 보이지 않았다.

오늘 김신이 가장 먼저 상대해야 할 타자가 누구인지 아주 잘 알고 있었으니까.

'대단한 선수지.'

데뷔 시즌, 신인왕에 도루왕도 모자라서 MVP까지 석권하며 신드롬을 불러일으킨 남자.

메이저리그 한 시즌 최다 안타를 때려 냈으며.

10년 연속으로 200안타를 달성하고, 골드글러브와 올스타를 한 번도 놓치지 않은 남자.

가히 교타자의 정점이라 불릴 만한 선수.

뻐엉-!

현재의 김신은 그 선수를 생각하며 저렇게 기세를 불태우는 것이리라고…… 산체스는 그리 생각했지만.

"오케이. 다음은 오른손으로 던질게."

"어. 준비됐어."

뻐엉-!

김신이 빅게임 모드를 꺼내 든 이유는 그 선수가 아니었다.

아니, 정확히 말하자면 일정 부분은 이바지했을지라도 그게 결코 큰 부분은 아니었다.

그가 대단하지 않아서가 아니다.

WBC에서의 오해와 악연으로 망언이라 비하받고, 봉중근에게 농락당한 영상들이 짤로 재생산되어 끊임없이 조롱당하지만.

쌓아 올린 기록이며, 쌓아 나갈 기록이며, 저 구로다 히로키와 흡사한 구도자적 태도까지.

그는 존중받아 마땅한 남자였다.

그러나, 아무리 그래도 그는 '타자'.

타자가 홀로 오롯이 김신의 두 번째 얼굴을 꺼내게 만들려면.

'적어도 그 친구 정도는 되어야지.'

곧 만나게 될, 메이저리그 최강의 타자 정도는 되어야 했다.

빠엉-!

그렇다면 김신이 빅게임 모드가 된 이유는 무엇인가.

그것은 오늘 시애틀 매리너스의 선발 투수로 마운드에 설 남자 때문이었다.

'킹.'

펠릭스 에르난데스.

2005년 데뷔해서 2019년까지 15년간, 포스트시즌에 단 한 번도 진출하지 못한 약팀을 온몸으로 견인했던 위대한 선수.

'나랑 닮았어.'

그가 써 내려가고 있는 일대기가.

2030년, 무너져 가는 양키스를 지탱하던 자신과 너무나 흡사했기에.

약팀의 에이스가 짊어지는 무게란 것이 어떤 것인지 너무나 잘 알기 때문에.

빠엉-!

김신은 최대의 존중을 표할 생각이었다.

김신이 시애틀의 왕을 생각하며 불펜 피칭에 여념이 없던 그 시각.

또 다른 왕의 칭호를 가진 자가 폐관 수련을 끝내고 돌아온 벗과 함께 그것을 지켜보고 있었다.

"어때? 내 말이 맞지?"

"흐음…… 실제 던지는 걸 봐야겠지만, 확실히 자신만의 루틴이 정착돼 있는 걸로 보이는군. 지난 경기와는 마인드셋부터 완전히 달라."

"그렇다니까. 루틴만 그런 게 아냐. 기본적인 피칭이야 논외로 치더라도, 완급 조절이며 워크에씩이며…… 끌어 주고 알려 주고 자시고 할 게 없어. 시작부터 완성돼 있었지."

뉴욕의 왕이 토하는 열변에, 앤디 페티트는 작게 고개를 끄덕였다.

"확실히 지금까지 보이는 걸 봐선 그러네."

그 끄덕임에 데릭 지터 또한 말을 멈추고 팔짱을 낀 채 다시 불펜을 주시했다.

"……정말 이해가 안 가, 어떻게 저런 놈이 있을 수 있는지."

"나도 이 정도로 빨리 성장할 줄은 몰랐다."

"성장이 아니라니까? 요즘 들어선 나도 모르는 새 타임머신이 개발된 게 아닐까 싶을 정도야. 마치 미래의 베테랑이

시간을 역행해 온 것 같아."

"음……."

"나 참, 19살이 여자도 안 만나고 SNS도 안 한다니까? 내가 소개시켜 주기까지 했다고."

수도승처럼 야구만 하던 김신의 모습이 떠올랐는지 잠시 헛웃음을 뱉어 내던 데릭 지터는.

"……."

"어쨌든 쟤는 그만 신경 쓰고 네 등판이나 더 신경 써. 이번 년도는 뭐가 돼도 될 것 같으니까. 저번에 아프다던 데는 어때?"

함께 밤낮으로 양키스의 미래를 걱정하는 친구를 위해 조언을 남겼다.

하지만.

"앤디?"

이미 앤디 페티트의 시선은 김신에게서 멀어져 다른 곳을 향하고 있었다.

"그래도 할 일이 없는 건 아닌 것 같네."

"응?"

"저기."

앤디 페티트의 턱짓을 따라 고개를 돌린 데릭 지터가 발견한 것은.

갑자기 등장한 김신이 뜨거운 시즌을 보내고 있는 탓에,

하나밖에 남지 않은 선발 자리를 두고 경쟁을 해야 할 처지에 놓인 사람들이었다.

필 휴즈, 이반 노바.

양키스의 젊은 선발 투수들.

"쯧."

그늘 속에서 김신의 피칭을 지켜보는 그들이 무슨 마음일지, 데릭 지터는 보자마자 알 수 있었다.

그리고 지금이야 아직 괜찮겠지만, 곧 그것이 여러 가지 방향으로 안 좋게 변질될 가능성이 있다는 것과.

그리 되면 양키스의 스물여덟 번째 반지에 좋은 영향이 올 수 없다는 것까지.

그렇기에 데릭 지터는 친우의 걸음을 막지 않았다.

"본인 등판이나 신경 쓰라니까. 하여튼 오지랖 하곤."

투수로서 양키스에서 십여 년을 뛴 앤디 페티트에게 쥐인 권리를 알기 때문에.

그가 베테랑으로서 팀에 해 줘야 할 의무를 알기 때문에.

씨익-!

그리고 그런 오지랖이 싫지 않았기 때문에.

"그래, 할 일이 없진 않지. 그렇고말고."

데릭 지터는 작게 뇌까리며 자신의 배트와 글러브를 챙겨 들었다.

"그레이트 양키스를 위해."

뻐엉-!

강렬한 포구음과 함께, 김신의 등판이 코앞으로 다가온 오후의 일이었다.

○

슈퍼스타.

스포츠건 노래건 춤이건 방송이건 관계없이 대중의 관심을 먹고 사는 사람이라면 누구나 가슴 떨리는 그 단어.

하지만 슈퍼스타가 된다고 해서 마냥 좋기만 한 것은 아니다.

과도한 관심과 부담감, 그것에 뒤따르는 질시와 질책에 무너져 간 사람들의 수만 해도 두 손으로 꼽기 어려울 정도니까.

누군가는 극심한 부담에 경기 중 구토를 하고.

누군가는 한순간에 주어진 부에 취해 망종을 저지른다.

누군가는 약에 손을 대고.

누군가는 극단적인 선택을 한다.

그러나 뉴욕 양키스와 시애틀 매리너스의 2차전.

1회 초, 김신의 앞에 그 모든 것을 십 년이 넘는 긴 세월 동안 굳건히 견뎌 낸 남자가 모습을 드러냈다.

[나우 배팅! 넘버 51! 스즈카- 이치로!]

스즈키 이치로.

-나는 태어나서 나 자신과의 약속을 어겨 본 적이 단 한 번도 없다.

……라는 말을 스스럼없이 할 정도로 자기 관리에 철저한 시계 같은 남자.

그 치열한 자기 관리를 바탕으로, 만 27세의 늦은 나이로 메이저리그에 데뷔했음에도 눈부신 기록들을 세워 낸 사나이.

하지만.

'그것도 이젠 과거일 뿐.'

자기 관리를 아무리 철저히 한다고 해도, 다가오는 세월을 막아 세울 수는 없다.

그것은 이미 수많은 선수가 증명한 진리이며, 김신 자신 또한 처절하게 체감한 섭리이다.

2012년.

10년 연속 골드글러브도, 올스타도, 200안타도 모조리 잃어버린 지 2년째.

그럼에도 여전히 한결같은 루틴으로 김신에게 방망이를 세워 보인 남자에게.

[김신 선수 초구!]

김신의 좌완 파이어볼이 날아들었다.

뻐엉-!

"스트라이크!"

노쇠하기 시작한 선수에게 가장 효과적인 공, 속구.

속도뿐 아니라 최고의 교타자라 불리는 그조차 컨택해 내기 쉽지 않을 정도의 지저분한 수직 무브먼트를 가진 공.

영상과 분석 자료를 통해서 파악한 것보다 한층 더 묵직한 그 공에.

스즈키 이치로가 감탄을 흘렸다.

'훌륭하다.'

하지만 그 의지는 단 한 톨도 스러지지 않았으니.

육체가 노쇠했다는 게 뭐 어쨌다는 건가.

부담감을 이겨 내고, 평생 동안 스스로를 엄히 채찍질해 온 그의 의지는.

그로 인해 몸에 새겨진 그의 기술은 전혀 사그라들지 않았는데.

제2구.

한평생을 고련해 온 노회한 사무라이가 검의 파지법을 바꿨다.

따악─!

[기습 번트! 이치로, 기습 번트입니다!]

프로 데뷔 20년 차의 감각적인 기술에.

아슬아슬하게 페어 라인 안쪽에 떨어진 타구가 3루 파울 라인을 따라 흐르고.

올스타전 최초의 인사이드 더 파크 홈런을 만들어 낸 빠른

발이 번개같이 움직였다.

그것은 20% 이상의 안타를 내야에서 생산해 냈던 찬란한 전성기 때만큼 빠르진 않았지만.

[에릭 차베스! 1루로!]

뻐엉-!

1루심의 양팔을 좌우로 들어 올리기에는 충분했다.

"세이프!"

[1회부터 선두 타자가 출루합니다! 김신 선수가 1회에 선두 타자를 출루시킨 건 처음 아닌가요?]

[맞습니다. 과연 스즈키 이치로 선수! 빠른 발로 소중한 내야안타를 만들어 냈습니다.]

당연한 일이라는 듯 가슴에 묻은 흙을 털어 내며 자리에서 일어나는 이치로의 모습에, 김신은 고개를 가로저었다.

'당했군.'

전진 수비를 하지 않은 것도 번트 안타를 허용한 이유라면 이유지만 근본적인 이유는 역시 이치로의 기술과 주력의 힘.

미래가 바뀌어 브렛 가드너가 건재하고, 추신서가 영입됨으로써 같은 팀에서 뛸 가능성은 거의 희박해졌지만.

원역사에서 이치로는 양키스의 2012년 후반과 2013년을 지탱했던 타자다.

전성기에서 내려왔다곤 해도 그만큼의 저력은 가지고 있다는 뜻.

김신은 자신이 태어난 해에 데뷔한 타자의 저력이 아직 남아 있음을 인정했다.

하지만.

'속구에 대한 반응은 분명 무뎠어.'

기교는 정공법으로 승리를 쟁취해 내기 어려울 때 부리는 법.

현재의 이치로는 그의 속구를 제대로 공략해 낼 수 없는 상태였다.

그리고.

'고작 1루.'

점수가 난 것도 아니고, 경기가 끝난 것도 아니다.

기습 번트에 불의의 일격을 당하긴 했지만, 두 번 당하지 않으면 된다.

스스로를 다독이며, 김신의 차가운 머리는 곧바로 다음 타자에게로 관심을 돌렸다.

그런데 타자의 모습을 확인한 김신은 웃지 않을 수 없었다.

"하하."

[앗, 2번 타자 더스틴 애클리 선수가 번트 자세를 취합니다!]

[1회부터 작전인가요?]

작전을 지시한 감독도, 현재 긴장된 표정으로 타석에서 번트 자세를 취하고 있는 더스틴 애클리도.

누구를 믿고 있는지 알기에.

'그래. 이런 거지, 에이스란.'

전성기의 정점에 있는 그 투수를, 시애틀 매리너스라는 팀이 얼마나 믿고 있는지가 보여서.

자신들의 에이스가 김신과 투수전을 펼칠 거라는…… 아니, 김신이 무너지더라도 자신들의 에이스만큼은 양키스를 틀어막을 거라는 믿음이 보여서.

웃지 않을 수가 없었다.

'아름답군.'

마치 소년 만화의 한 장면 같은 그 모습에.

지난 생, 자신이 받았던 믿음이 생각나 기분 좋게 미소 지은 김신은.

다시금 하얀 공을 거세게 움켜쥐었다.

따악-!

[더스틴 애클리, 희생 번트를 성공시키고 더그아웃으로 돌아갑니다.]

1사 주자 2루.

일본의 국민 영웅을 등 뒤에 둔 채.

김신의 존중을 담은 강속구가 연신 포수 미트를 꿰뚫었다.

뻐엉-!

그리고 잠시 뒤.

[스윙 앤 어 미스! 잔루 2루로 시애틀의 1회 초 공격이 끝이 납니다. 경기는 1회 말, 양키스의 공격으로 이어지겠습니다!]

마운드에 시애틀의 왕이 올라왔다.

"흐음."

1회 말, 마운드에 올라온 펠릭스 에르난데스는 당당히 걸어 내려가고 있는 루키 투수를 잠시 응시했다.

'대단하네, 정말.'

김신이라는 선수가 등장하기 이전부터, 야구팬들은 물론이거니와 투수들 사이에서도 스위치 피칭은 항상 뜨거운 감자였다.

그리고 펠릭스 에르난데스의 의견은 '불가능'.

투구 밸런스를 유지하기 힘들다는 것이나 부상의 위험은 차치하고라도, 양손을 모두 단련하여 메이저리그 수준으로 만든다는 건 심각한 난센스라고 생각했다.

투수라는 것을 업으로 삼고 있기에, 한 손을 단련하는 것만으로도 얼마나 힘들고 고된 일인지 아주 잘 알았으니까.

그런데 그런 건 다 개소리라고 말하는 것처럼 현실에 등장한 김신은, 확실히 대단한 선수임에는 틀림없었다.

하지만.

'퍼펙트게임은 있어도, 퍼펙트 피처는 없어.'

양손으로 던지든 한 손으로 던지든, 100마일을 던지든 90마일을 던지든, 중요한 건 타자를 속여 넘기는 것.

그리고 그것에 있어, 언제나 성공만을 거둘 수 있는 투수는 절대로 존재할 수 없었다.

그러므로 오늘도 익숙한 마운드에 오른 펠릭스 에르난데스가 해야 할 것은.

타자들을 믿고.

웃음을 잃지 않는 여유로운 마음으로.

유쾌하지만 묵묵하게.

움직이지 않는 홈플레이트를 향해 공을 던지는 것.

'가르시아 씨, 잘 계신가요?'

잠시간 그것을 가르쳐 줬던 베네수엘라의 어른에게.

지금은 양키스 더그아웃에 앉아 있는 선배에게 시선을 두었던 펠릭스 에르난데스는.

[나우 배팅! 넘버 2! 데릭- 지터!]

시애틀을 침공한 뉴욕의 왕에게 하얀 이를 드러냈다.

"흐읍-!"

한때는 100마일을 던졌던 오른손이 92마일의 공을 토해 냈다.

구속은 좀 떨어졌지만 타자를 잡아내기엔 충분한 공.

하지만 양키스의 선두 타자는 평범한 타자가 아닌 데릭 지터였다.

따악-!

[쳤습니다! 1, 2루 간! 빠집니다!]

같은 아메리칸리그 소속으로, 수없이 많은 대결을 치렀던 사이.

머릿속에 그려지는 대로 간결하게 휘두른 데릭 지터의 방망이가 1회 초부터 2루를 훔쳐 냈다.

그러나 득점권에 주자를 내보냈음에도 펠릭스 에르난데스는……

"하핫, 운이 좀 안 좋았네."

웃었다.

"흐앗-!"

그러고는 한 치의 흔들림 없이 동일한 공을 던졌다.

뻐엉-!

"스트라이크!"

경기가 흘러갔다.

1회, 2회, 3회. 그리고 4회 초.

전광판에 0의 행진이 이어졌다.

그렇다고 두 선발 투수가 모두 압도적인 힘으로 상대 타선을 찍어 눌렀냐 하면 그건 아니라고 단언할 수 있었다.

뻐엉-!

이치로의 첫 번트 안타를 제외하고, 시애틀의 타선은 단 한 번도 1루를 밟지 못했지만.

따악-!

양키스는 계속해서 시애틀의 왕을 두들겨 냈다.

하지만 그럼에도 불구하고 점수는 계속해서 0.

어떻게든 점수를 주지 않는 것이 투수와 수비진의 사명이니, 펠릭스 에르난데스와 시애틀 수비진이 잘했다고도 할 수 있었지만.

이는 요즈음 양키스가 안고 있는 문제를 적나라하게 보여 주는 것이기도 했다.

4회 말.

1회에 이어 3회에도 큼지막한 2루타를 쳐 냈지만, 결국 홈 플레이트를 밟지 못한 데릭 지터는 그라운드를 바라보며 인상을 그렸다.

'타격이 너무 불안해졌어.'

마치 그 생각을 들은 것처럼.

1사 1, 2루의 상황에서 타석에 오른 8번 타자 에두아르도 누네즈의 방망이가 둔탁한 소리를 냈다.

딱-!

[6-4-3으로 이어지는 깔끔한 병살! 양키스의 4회 말 공격이 막을 내립니다!]

[또 이런 그림이 나오는군요. 양키스, 집중해야 합니다. 잔루가 너무 많아요!]

목 끝까지 올라온 한숨을 삼키며, 데릭 지터는 묵묵히 글러브를 챙겨 들었다.

'이것만 해결하면 반지가 보일 것 같은데⋯⋯.'

C. C. 사바시아, 구로다 히로키, 김신, 앤디 페티트, 필 휴즈, 이반 노바, 프레디 가르시아.

5선발을 뛰어넘어 7선발까지도 가동 가능한 양키스의 투수진은 매우 준수했지만, 타격은 심각한 불안 요소를 안고 있었다.

타선의 핵심이었던 로빈슨 카노와 그럭저럭 쳐 주기는 했던 알렉스 로드리게스가 이탈하고 새로이 주전 자리에 합류한 에릭 차베스와 에두아르도 누네즈.

본디 내야 백업 자원이었던 그 두 명의 타격감이 영 올라올 기미를 보이지 않고 있었던 것이다.

물론 썩어도 준치라는 속담처럼, 메이저리그에 잔류할 정도의 성적은 기록하고 있었고.

선두 타선이 만들어 놓은 기회를 스무스하게 연결해, 빅이닝을 만드는 경우가 아예 없는 건 아니었지만.

너무나 들쭉날쭉했다.

오늘처럼 맥이 툭툭 끊기는 날에는 출장 정지를 당한 그 약쟁이가 생각날 정도로.

'테세이라도 예전 같지 않고.'

마크 테세이라는 나이가 나이인지라 가끔 극심한 컨디션 난조를 보이곤 하는 상태였으며, 시즌 후반까지 퍼지지 않고 잘해 줄 수 있을지도 불안한 상황.

또한 러셀 마틴은 원래 타격을 기대하는 포수가 아니었으니, 현재 양키스의 타선에는 다섯 명이나 되는 불안 요소가 자리하고 있는 것이었다.

추신서와 브렛 가드너가 꾸준히 잘해 주고 있긴 하지만 그것으론 부족했다.

이걸 해결할 방법은.

첫째, 게리 산체스를 비롯한 팜의 루키들이 성장하여 성과를 내는 것.

둘째, 양키스에서 단 한 명만이 가지고 있는 권한.

그것을 적극적으로 휘두르는 것.

'트레이드가 필요해.'

양키스의 캡틴은, 얼마 전 사기꾼이라는 위명을 얻은 자신들의 단장을.

항상 달려야만 하는 양키스의 단장 자리에 십 년 넘게 앉아 있는 그 남자를 생각하며 그라운드에 자리를 잡았다.

그 단장이 움직일 때까지, 충분히 시간을 벌어 줄 수 있는 강력한 동료의 등 뒤에.

뻐엉—!

그리고 김신의 포심 패스트볼이 러셀 마틴의 미트를 꿰뚫었다.

아무 걱정 하지 말라는 것처럼.

야구는 분위기의 스포츠다.

무사 만루의 기회를 어이없게 무득점으로 날려 버리고 나서 대량 실점을 하는 상황이나.

엄청난 호수비를 바탕으로 위기를 극복하고 빅 이닝을 만들어 내는 경우는 흔하디흔하다.

하지만 그렇다고 해서 분위기만으로 모든 것이 결정되느냐 하면 그건 절대 아니다.

존재 자체만으로 분위기를 형성하고, 꺼져 가는 잔불을 다시 살려낼 수 있는 사람들이 있으니까.

2012년 5월 12일의 양키스에는 그런 사람이 둘이나 있었다.

"왜 이렇게 죽상이야! 산체스, 지금 점수가 어떻게 되나!"

"0 대 0입니다!"

"그래, 우리가 지고 있나?"

"아닙니다!"

"고작 한 달도 안 된 루키도 아는 걸 모르는 거야? 아니면 지금이 9회 말 2아웃이라도 돼? 그것도 아니면 혹시 퇴근 못해서 죽상이냐?"

1회부터 터질 듯 말 듯 막혀 버린 타선에 자연스레 침체된 더그아웃.

그곳에서 좌중을 휘어잡는 남자.

"아닙니다!"

"그래, 너희 다 담장 너머로 공 날려 봤잖아. 그거 한 방이면 바로 리드를 잡을 수 있어. 얼마나 쉬워?"

"……."

"가자!"

"예!"

양키스의 캡틴, 데릭 지터가 그 첫 번째 주인공.

그리고 나머지 한 사람은…….

뻐엉–!

[루킹 삼진! 카일 시거, 슬라이더에 손도 뻗지 못합니다!]

더그아웃이 아닌 그라운드에서 경기를 지배하고 있는 양키스의 선발 투수.

김신.

'빛이 난다.'

힘든 중심 타선을 삼진으로 잡아냈음에도 별일 아닌 양 뒤돌아 땀을 닦는 그 모습에, 필 휴즈는 침을 꿀꺽 삼켰다.

'에이스…….'

불현듯…… 아니, 당연하게 머릿속에 떠오른 그 단어.

어깨에 팀의 믿음을 모두 올리고, 굳건한 철벽처럼 마운드에 서 있는 존재.

어린 시절 언제나 가슴속에 품고 있던 미래 자신의 모습이 그라운드에 서 있었다.

뻐엉-!

"스트라이크!"

포수 미트를 찢을 듯이 울리는 굉음을 들으며, 필 휴즈는
자신의 오른팔을 물끄러미 내려다보았다.

'따라갈 수 없어.'

감히 질투조차 할 수 없을 정도로 압도적인 재능의 차이
에, 앤디 페티트의 도움으로 간신히 억눌러 놓았던 감정들이
스멀스멀 밑바닥에서 고개를 들 찰나.

"이봐, 휴즈."

와장창 소리가 들리는 것같이, 누군가의 말소리가 그의 상
념을 깨어 냈다.

"아, 가르시아 씨."

목소리의 주인공은 양키스의 선발 겸 롱릴리프, 프레디 가
르시아.

2000년대 초반, 시애틀의 에이스였으나 지금은 세월과 부
상에 허덕이는 노장.

그러나 그 눈만큼은 아직도 형형히 빛나고 있었다.

'가르시아 씨가 원래 이런 사람이었나······?'

평소 친분이 깊지 않아 가까이서 대화를 할 일은 없었지
만, 그래도 1년 이상 같이 시즌을 치른 사이.

이런 가르시아의 모습은 본 적이 없었다.

필 휴즈가 혼란에 빠져 있을 때, 가르시아는 눈을 그라운

드로 돌리며 천천히 입을 열었다.

"멋지지 않아?"

그것만으로도 필 휴즈는 알아챘다.

아, 김신의 이야기를 하러 온 것이구나.

오전의 앤디 페티트와 같은 맥락의 이야기를 하러 왔겠구나.

"김신 말입니까?"

그래서 필 휴즈는 어느새 이닝을 끝내고 더그아웃으로 걸어 들어오는 남자를 바라보며 힘없이 대답했으나.

"아니? 펠릭스. 그래, 킹 펠릭스 말이야."

프레디 가르시아는 반대편에서 마운드로 걸어 올라가는 남자를 가리키며 웃음 지었다.

"아…… 대단한 선수죠. 같이 매리너스에 계셨다고 들었습니다."

"나 좋다고 따라다닐 때가 엊그제 같은데, 이제는 킹이라니 참……. 큭큭, 저 등번호도 원래 내 번호였어."

"그랬습니까? 대견하시겠습니다. 후계자나 다름없으니까요."

필 휴즈는 흔한 추억 이야기인 줄 알고 가볍게 답했지만.

잠시간 웃음을 흘리던 프레디 가르시아는 금세 진지한 표정으로 예상 밖의 이야기를 늘어놓기 시작했다.

"십 년쯤 전에, 놈과 처음 만났을 때 내가 가르쳤지. 언제나 여유를 잃지 말고 유쾌하게 던지라고."

"······?"

"근데 말이야. 사실 나도 그렇게 못 했거든. 지금도 못 하고. 근데 저놈은 하더라고. 그 말도 안 되는 일을. 지금도 봐. 매 이닝마다 두들겨 맞으면서도 꾸역꾸역 막아 내고 있잖아."

대견함이 아닌, 다른 감정으로 가득 차 있는 프레디 가르시아의 목소리.

필 휴즈는 조용히 그의 말을 경청할 수밖에 없었다.

"처음엔 별거 아니라고 생각했어. 저런 놈도 있구나, 하는 정도였지. 근데 이놈이 쑥쑥 성장하더니 어느새 나보다 잘하더라고? 나는 그동안 떨어지기만 했는데."

"······."

"그러던 어느 날 전화가 걸려 왔어. 사이 영을 탔다고. 가르시아 씨 덕분이라고. 너무 감사하다고."

"······."

"큭큭, 그때 알았지. 내가 놈을 질투하고 있었다는걸. 외면하고 있었던 거야. 이길 자신이 없어서. 놈만큼 할 자신이 없어서. 정신이고 육체고 저런 재능을 넘어설 자신이 없어서."

필 휴즈도 바보가 아닌 이상 프레디 가르시아가 어째서 이런 이야기를 하는지는 눈치챌 수 있었다.

하지만 어찌 그 이야기를 끊을 수 있으랴.

자신과 비슷한 상황을, 감정을 이미 몇 년 전에 겪고도 이렇게 눈 안에 불꽃을 담은 사내의 말을.

그래서 필 휴즈는 입을 열었다.

"……그러셨습니까? 그래서 어떻게 하셨죠?"

그 물음에 잠시 킬킬대며 그라운드를 훑은 프레디 가르시아는 천천히 답했다.

"그걸 자각하고 난 다음에 별별 난리를 다 쳤어. 밤에 공 던지다가 쓰러지기도 했고, 술 처먹고 선발로 서기도 했지. 그래도 안 됐어. 떨쳐지지가 않았어. 그 엿 같은 열패감이. 그래서……."

"그래서……?"

"때려치우려고 했지. 근데 말이야. 그러질 못하겠더라고. 너, 이겨 봤잖아. 반지도 끼워 봤잖아. 네 공에 돌아서는 타자들 많이 봤잖아. 네 공이 미트에 파고드는 그 소리를, 넌 끊을 수 있겠어?"

"……."

필 휴즈 또한 본인이 야구를, 자그마한 공을 던지는 그 일을 끊을 수 없다는 걸 잘 알았다.

부상도 아니고, 세월에 밀려서도 아닌 자신의 의지로는 더더욱.

하지만 그럼 어떻게 해야 한단 말인가?

이 남자는 그 열패감을, 좌절감을 어떻게 극복했단 말인가?

서서히 빛이 돌아오기 시작하는 필 휴즈의 동공을 똑바로 바라보며 프레디 가르시아는 그 방법을 입에 담았다.

"그걸 인정하고 나니까 갑자기 다른 생각이 들더라고. 킹이라고 불리는 저놈은, 가을에 야구를 한 적이 한 번도 없구나. 포스트시즌이란 걸, 집에서 포테이토칩 먹으면서밖에 못봤겠구나."

2005년.

시카고 화이트삭스 유니폼을 입고 반지를 손에 넣은 남자는 웃었다.

"내가 저놈을 이기는 게 중요한 게 아니구나. 우리 팀이 이기면 되는 거구나. 그런 생각을 했지. 그래서 난 시애틀이 좋아. 어느 팀에 가더라도 여기만 왔다 가면 그 팀을 위해 전력투구를 하게 된다니까?"

하지만 그것은 필 휴즈가 택할 수 있는 선택지가 아니었다.

김신과 그는 같은 팀인 상황이니까.

'다른 팀으로 간다 해도…….'

지금의 뉴욕 양키스를…… 아니, 미래의 김신이 이끌 뉴욕 양키스를 이길 수 있다는 생각이 들지 않았다.

그렇게 필 휴즈가 다시 좌절감에 싸여 그 동공이 빛을 잃어 갈 찰나.

"근데 너는 뭐냐?"

"……?"

"난 그렇게 했는데 넌 뭐냐고. 새 구종을 배우길 했어, 아니면 밤새도록 공을 던지길 했어, 술 처먹고 주먹질을 하길

했어, 감독한테 개기길 했어? 뭘 했냐고."

"……."

"너 뭐 40쯤 먹었냐? 늙어서 발버둥 칠 힘도 없어?"

"아, 아닙니다."

따악-!

그라운드를 메우는 청명한 타격음과 함께.

"그럼 병든 닭처럼 고개 숙이고 앉아 있지 말고, 뭐라도 해, 새끼야! 그리고 나서 때려치우든, 다른 방식으로 정신 승리를 하든 하란 말이야!"

2004년. 양키스 팜의 삼신기라 불리며 큰 기대를 받았던 투수의 눈동자에.

꺼진 줄로만 알았던 잔불이 다시금 일렁이기 시작했다.

그리고 배트를 챙겨 대기 타석으로 향하던 남자와 프레디 가르시아는.

씨익-!

눈을 마주치며 웃었다.

🥏

7회 말. 2사 주자 없는 상황.

[나우 배팅! 넘버 2! 데릭- 지터!]

캡틴으로서의 할 일을 훌륭히 완수해 낸 타자가 타석에 들어섰다.

클럽 하우스와 더그아웃을 휘어잡는 캡틴이 아닌, 타자 본연의 업무에 충실하기 위해.

[오늘 데릭 지터의 방망이가 아주 뜨겁습니다. 3타수 2안타. 놀랍게도 두 번 다 2루타를 기록했습니다.]

[투아웃이긴 하지만, 데릭 지터부터 시작하는 양키스의 상위 타선은 리그 최고 수준입니다. 킹 펠릭스의 마지막 위기가 될 듯하군요.]

[그렇습니다. 긴장되는 순간!]

땀을 주룩주룩 흘리며, 안간힘을 짜 낸 펠릭스 에르난데스의 손이 허공을 찢어 냈지만.

뻐엉-!

데릭 지터의 방망이는 움직이지 않았다.

[볼! 상당히 많이 벗어난 공이었습니다. 실투일까요?]

[그런 것 같습니다. 데릭 지터로서는 한가운데 몰리지 않은 것이 아쉬운 공이네요.]

89마일.

경기 초반에 비하면 급격히 떨어진 구속.

'지쳤군.'

전광판에 박힌 그 숫자를 보며, 데릭 지터는 웃었다.

'하기야, 많이 던졌지.'

110개를 넘긴 투구 수.

만약 앞선 8, 9번 타자가 안타나 볼넷 하나라도 얻었더라면, 시애틀의 감독은 당장 투수 교체를 시켰을 터다.

지금 펠릭스 에르난데스가 마운드 위에 남아 있는 건, 7회까지 무실점으로 적을 틀어막은 에이스에 대한 존중.

하지만 지쳤다고 봐 줄 수야 없는 노릇이 아닌가.

'그럴 생각도 없지만.'

데릭 지터는 연신 숨을 몰아쉬는 펠릭스 에르난데스의 구종을 하나하나 떠올렸다.

'포심, 투심, 커브, 슬라이더, 싱커. 그리고…… 서클 체인지업.'

서클 체인지업.

펠릭스 에르난데스가 오랜 세월 갈고닦은 그만의 가장 날카로운 발톱.

펠릭스의 서클 체인지업은 대다수 다른 투수의 서클 체인지업과는 달리 속구와 비슷한 구속을 가지고 있었다.

거기에 웬만한 스플리터 못지않은 낙차.

그리고 홈플레이트 바로 앞에서 변화하기 시작하는 더러움까지.

그야말로 메이저 최고의 마구라 할 만한 공 중 하나인 것.

하지만 데릭 지터는 바로 그 공을 노리고 타이밍을 재기 시작했다.

이유를 설명하자면 구구절절 설명할 수 있었다.

슬라이더는 오늘 두 번이나 맞아 나갔고.

포심 패스트볼은 방금 실투를 한 데다, 구위가 떨어져 있다.

남은 구종은 대부분 종 변화를 보이는 구종이며, 그중 가장 강력한 건 서클 체인지업이다.

하지만 그러한 수많은 합리의 결론보다도.

그를 클러치 히터로 불리게 만들어 준 불합리한 직감이 데릭 지터의 방망이를 움직였다.

[킹 펠릭스, 제2구!]

따악―!

문제는, 데릭 지터의 생각보다 킹 펠릭스의 집념이 강했다는 것.

마지막 순간, 펠릭스의 서클 체인지업은 평소보다 조금 더 꺾였고.

[데릭 지터! 좌중간을 완벽하게 가릅니다!]

데릭 지터는 홈플레이트가 아닌, 2루에서 멈춰야 했다.

"쯧."

그러나.

[오늘 경기, 2루타만 세 개를 기록하는 데릭 지터! 아, 말씀드리는 순간 에릭 웨지 감독이 더그아웃을 박차고 나옵니다.]

[투수 교체겠군요. 더 이상은 킹 펠릭스라도 힘들죠.]

그것으로 충분했다.

시애틀의 왕을 무너뜨리는 데에는.

[에릭 웨지 감독, 공 넘겨받습니다. 역시 투수 교체군요.]

[아무리 킹이라도 더 이상은 어렵죠. 요즘 양키스의 상위 타선은 정말 뜨겁거든요.]

[마운드는 찰리 퍼부시 선수에게 넘어갑니다. 작년에 데뷔한 좌완 투수로, 톰 윌헴슨 선수와 함께 매리너스 불펜에서 제 몫을 톡톡히 해 주고 있는 선수입니다. 첫 타자로 2번 타자, 브렛 가드너를 상대하겠습니다.]

그리고 고귀한 피가 묻은 검을 이어받은 2번 타자 브렛 가드너는.

따악ㅡ!

[쳤습니다! 라인드라이브! 데릭 지터, 3루 돌아 홈으로!]

충심으로 어지(御旨)를 받들어.

자랑스러운 뉴욕의 왕을 홈플레이트로 불러들였다.

[1ㅡ0! 7회 말, 양키스가 소중한 선취점을 얻습니다!]

그리고 그것으로 또한 충분했다.

〈김신 완봉, 브렛 가드너 결승타! 양키스 1-0 승리!〉

어떤 욕심쟁이가 마운드를 누구에게도 넘겨주지 않은 채.

경기를 끝내는 데에는.

ㅡ그럼 병든 닭처럼 고개 숙이고 앉아 있지 말고, 뭐라도

해, 새끼야!

분명 프레디 가르시아의 열변은 필 휴즈의 내심에 한 줄기 파문을 일으켰다.

하지만 마음을 바꿔 먹음으로써 갑자기 각성하여 호투를 펼친다는 아름다운 이야기는 일어나지 않았다.

필 휴즈가 쌓아 온 25년의 버릇들은 한순간에 개벽할 만큼 녹록하지 않았으니까.

뻐엉-!

[볼넷! 필 휴즈, 다시 위기를 맞이합니다!]

김신과 펠릭스 에르난데스가 숨 막히는 투수전을 펼친 다음 날.

양키스와 매리너스의 3차전.

따악-!

[쳤습니다! 중견수 앞에 떨어지는 중전 안타! 저스틴 스모크, 1루에서 포효합니다!]

[위기예요, 양키스!]

필 휴즈가 힘겹게 투구를 이어 나갔다.

[1사 1, 3루의 기회! 타석에는 알렉스 리디가 들어섭니다.]

5와 1/3이닝 5실점. 1사 1, 3루의 위기.

어제까지의 필 휴즈였다면 어서 교체되기만을 바라며 더그아웃을 바라봤을 상황.

"후우……!"

하지만 필 휴즈는 더그아웃이 아닌, 타석에 선 매리너스의 백업 내야수 알렉스 리디를 노려보았다.

프레디 가르시아가 일으킨 파문은 필 휴즈라는 투수를 극단적으로 바꾸기엔 부족했다.

그것은 명백한 사실이다.

그러나.

"흐압-!"

뻐엉-!

[초구 스트라이크! 과감한 몸 쪽 승부가 통했습니다!]

[오늘 필 휴즈 선수의 마음가짐이 뭔가 다른 듯하군요. 상당히 공격적이에요!]

자신의 치부를 털어 놓은 베테랑의 배려와.

어제 마운드에서 구슬땀을 흘리던 에이스들의 모습은.

"크아압-!"

부우웅-!

[이번엔 바깥쪽 낮은 코스! 노 볼 투 스트라이크, 좋은 기회를 잡습니다.]

필 휴즈라는 사내의 아주 사소한 부분을 바꾸기에는 충분했다.

[필 휴즈, 계속해서 제3구!]

어제의 투수들보다는 많이 부족한, 하지만 현재 필 휴즈가 던질 수 있는 가장 좋은 공.

따악-!

햇빛과 함께 떨어져 내린 메이저리그 평균 수준의 커브가 메이저리그 평균 이하의 타자를 속여 넘겼다.

[먹힌 타구! 유격수 데릭 지터, 2루 포스 아웃! 1루로!]

"아웃!"

6이닝 5실점, 빈말로도 좋은 성적이라고 부를 수 없는 성적.

사소한 변화가 낳은 조금 덜 사소한 결과.

필 휴즈는 그것을 품에 안은 채 더그아웃으로 들어갔다.

"고생했다. 쉬어."

"예, 감사합니다."

하지만 그 '조금 덜 사소한 결과'는, 오늘 조금은 큰 변화를 이끌어 내는 방아쇠가 되었다.

링 위에서 끊임없이 두들겨 맞으면서도, 끝내 수건을 던지지 않은 대견한 사내를 위해.

따악-!

[추신서-! 이번 경기 멀티 홈런을 기록합니다!]

양키스의 방망이가 불을 뿜었다.

◎

뻐엉-!

[경기 끝났습니다! 마리아노 리베라! 오늘도 양키스의 뒷문을 확실하게 잠급니다! 11-7! 양키스의 시원한 승리!]

[어제는 투수전, 오늘은 타격전. 두 팀, 정말 명승부를 펼쳤습니다!]

2012년 5월 13일.

본디 양키스의 기록지에 새겨졌어야 할 패배라는 글자가 승리라는 단어로 바뀐 순간.

"이긴 건 좋은데 말이야……."

양키스의 단장 브라이언 캐시먼은 손에 들린 서류를 바라보며 미간을 찌푸렸다.

그 서류에 적힌 것은, 현재 양키스가 속한 아메리칸리그 동부 지구의 순위.

1. 뉴욕 양키스, 23승 10패.

2. 볼티모어 오리올스, 20승 13패.

3. 템파베이 레이스, 19승 14패.

4. 토론토 블루제이스, 18승 15패.

5. 보스턴 레드삭스, 14승 19패.

날아오르고 있는 양키스와 추락하고 있는 보스턴이 적나라하게 드러나는 순위표였다.

"여기서 오늘 경기를 더하면, 24승 10패."

잠시 턱을 쓰다듬은 캐시먼은 급히 계산기를 두드렸고.

"114승 페이스……."

현재의 페이스로 162경기를 치렀을 때, 양키스가 거둘 승리의 숫자를 되뇌었다.

114승.

1906년의 시카고 컵스와 2001년의 시애틀 매리너스가 세운 메이저리그 최다승, 116승에 단 2개밖에 뒤지지 않는 숫자.

그야말로 100년에 한 번 나올까 말까 한 대기록.

그것이 뜻하는 바는 간단했다.

"젠장, 안 달릴 수가 없잖아?"

물론 그저 산술적인 계산에 불과하고, 무슨 일이 생길지 모르는 긴 메이저리그의 시즌 동안 이 정도 승률을 유지하는 건 힘들지도 모른다.

하지만 시즌 초반 이런 성적을 거두고 있는데.

반지가 어렴풋이 보이기 시작했는데 가만히 있을 수 있는 단장은 없었다.

더군다나 지금 그가 소속된 곳은 악의 제국.

언제나 달려야만 하는 팀.

하지만 그럼에도 캐시먼이 비속어까지 섞어 가며 미간을 찌푸리는 이유는 한 가지.

"사치세 리셋은…… 힘들 수도 있겠군."

사치세.

팀의 총 연봉 액수가 사무국의 기준을 넘게 되면, 그만큼의 벌금을 부과하는 제도.

팀 간의 지출 규모를 제한하여 몇몇 빅 마켓이 막대한 자금력으로 우승을 사는 걸 막고, 리그의 공정성을 확보하여 치열한 경쟁을 유도하는 제도이다.

쉽게 말하면 '어차피 우승은 ×××.'라는 말이 나오는 슈퍼팀을 없애기 위한 제도.

현재 양키스는 그 사치세 제도의 가장 큰 피해자 중 하나였다.

"빌어먹을 누진제."

과거였다면 괜찮았을 것이다. 약간의 벌금 정도는 충분히 감당할 만한 능력이 양키스 구단에는 있었으니까.

하지만 누진제가 생기면서 이야기는 달라졌다.

사치세를 연속으로 초과할수록, 더 많이 초과할수록 막대한 벌금이 부과되는 제도.

그리하여 캐시먼은 189 프로젝트라는, 팀의 총 연봉 액수를 189M 아래로 떨어뜨리는 프로젝트를 기획 중이었고.

팀 연봉의 가장 큰 부분을 차지하던, 울며 겨자 먹기로 쓸 수밖에 없던 약쟁이가 출장 정지를 당하면서 그 프로젝트에 청신호가 켜진 상황이었다.

그러나 그 모든 것은 결국 우승을 위한 것.

"쯧, 어쩔 수 없지."

혀를 한번 찬 브라이언 캐시먼은 펜을 들고 책상에 널브러져 있는 서류 더미로 눈을 돌렸다.

아무리 달리기로 결정했더라도, 막대한 사치세를 계속 감당할 수는 없는 일.

계획이 필요했으니까.

사각- 사각-!

장기 계약을 안겨 줘야 할 선수들의 몸값을 산정하고, 누구를 포기하고 누구를 잡을지에 대한 계획이.

양키스의 미래를 누구에게 맡길 것인가에 대한 계획이.

사각- 사각-!

오랜 시간이 지난 후.

결론을 내린 캐시먼은 전화기를 들어 누군가의 번호를 눌렀다.

띠디딕-!

양키스라는 제국을 달리도록 만든 남자.

가장 먼저 장기 계약을 안겨 줘야 할 새로운 시대의 코어를 위하여.

⚾

볼티모어행 원정 비행기에 탑승하기 불과 두 시간 전.

김신과 그의 에이전트 헤빈 디그라이언은 호텔 방에서 캐시먼 단장의 방문을 기다리고 있었다.

그 이유는 그렉 매덕스와의 훈련 중 걸려 온 전화 한 통.

"무슨 일인지 얘기하지 않았다고요?"

"예. 잠시라도 괜찮으니 꼭 얼굴을 뵙고 싶다고 하더군요."

"흐음……."

"상당히 정중한 태도입니다. 나쁜 일은 아닌 것 같습니다."

원정 직전의 선수를 굳이 찾아와서까지 나눠야 하는 이야기.

김신의 머릿속에 여러 가지 경우의 수가 떠돌았다.

'트레이드? 아냐. 얼마 전까지 최전성기를 달린 양키스가 그럴 리가. 버드 셀릭 커미셔너가 압력을 넣었나? 아냐. 그렇더라도 이런 식으로 처리할 사람이 아니다.'

하나하나 사라져 가는 경우의수.

그 결과 남겨진, 가장 가능성 높은 것이 헤빈의 입에서 먼저 흘러나왔다.

"계약에 관한 논의가 예상됩니다. 장기 계약을 제시할 수도 있을 것 같군요."

"으음……."

장기 계약.

파워 볼, 아니, 어쩌면 그 이상의 천문학적인 금액을 선수에게 선사하는 빅 딜.

만약 장기 계약을 체결한 선수가 꾸준한 활약을, 적어도 완만한 하강 곡선을 그리는 활약을 보여 준다면 구단과 선수

양측 모두 윈윈인 결과가 나오지만.

많게는 13년까지의 긴 기간을 커버하는 계약이니만큼 장기 계약을 체결한 선수가 드러눕는다면 구단에서 큰 손해를 볼 수도 있는 양날의 검.

이렇게 장기 계약을 체결하고 돈값을 못하는 선수를 흔히 '먹튀'라 하는데.

이 먹튀가 구단 내에 두 명 이상이 된다면 해당 구단 자체가 몇 년간 침체기를 겪는 경우도 있을 정도다.

예를 들면, 10년 2억 7,500만 달러를 받아 처먹고도 약물로 출장 정지를 당하고 부상으로 드러누울 알렉스 로드리게스를 소유한 뉴욕 양키스는.

그 때문에 악의 제국이라는 위명에 걸맞지 못한 행보를 몇 년간 보여야 했다.

그렇다면 구단에서는 이렇게 위험한 장기 계약을 왜 체결하느냐.

그에 대한 답은 바로 시장의 논리다.

그 어떤 선수도 미래를 장담할 수 없는 메이저리그.

더군다나 세월의 흐름은 찬란했던 육체의 힘을 금세 앗아가기 마련.

그런 상황에서 자신의 미래까지 책임져 주고 막대한 금액을 건넨다는데 흔들리지 않을 선수가 어디 있으랴.

이런 환경 속에서.

선수와 구단 그리고 구단과 구단은 치열한 눈치 싸움을 하게 되며.

선수가 전 구단과 장기 계약에 대해 논의할 수 있는 FA(자유 계약) 자격을 얻기 전.

서비스 타임을 최대로 활용하기 위해 일부러 선수를 마이너에 짱박아 두는 등 별의별 꼼수를 다 부리는 경우도 적지 않다.

하지만 그럼에도, 불과 메이저리그 데뷔 6경기 만에 장기 계약을 체결한 템파베이의 에반 롱고리아처럼.

미지의 손해를 감수하고서라도 초대형 유망주를 꼭 잡고자 할 때 선수를 염가에 쓸 수 있는 소중한 시간, 서비스 타임까지 커버하는 장기 계약을 맺는 경우가 없지는 않다.

'설마.'

물론 로빈슨 카노가 '나가리'되면서 어느 정도 여유가 생기긴 했을 테지만.

사치세를 리셋시켜야 하는 데다, A-rod의 천문학적인 금액을 아직 한참이나 지불해야 하는 뉴욕 양키스로서는 장기 계약으로 제시할 수 있는 금액이 한정적이다.

자신을 그 정도 금액으로 묶어 놓으려고 한다?

'그 정도면 노예 계약이지.'

이제 갓 데뷔한 지 두 달.

강력한 사이 영 '컨탠더'라 평가받는 루키 선수의 장기 계약금과 실제 사이 영 위너, 그리고 앞으로도 더 많은 사이영상을 수상할 걸로 생각되는 리그 최정상급 에이스의 장기 계약금에는 엄청난 차이가 있게 마련.

그 어떤 계약을 제시하더라도, 지금보다 훨씬 더 나은 계약을 쟁취할 자신이 김신에게는 있었다.

하지만 사람 일은 모르는 법.

미래를 알고, 자신에 대한 강한 확신을 가진 김신이 아닌 캐시먼은 다른 생각을 하고 있을지도 몰랐다.

'들어는 보자.'

하지만 정말로 장기 계약을 제시한다면, 크게 실망하리라.

대강의 결론을 내린 김신이 입을 열었다.

"뭔지는 모르겠지만 일단 들어 보고 결정하겠습니다."

"예, 그러셔야죠. 다만 정말로 계약에 관한 논의라면 절대 섣불리 답변하지 마십시오."

그에 준비해 놓았다는 듯 태블릿 PC를 들어 올리며 여러 가지 자료들을 보여 주기 시작하는 헤빈.

"김신 선수의 현재 가치는 최소한 이 정도입니다. 김신 선수가 양키스라는 구단을 선호하시는 것은 알고 있지만, 프로 선수에게 연봉이란……."

'지난번에 속이 좀 많이 쓰렸나 보네.'

양키스와의 첫 계약 당시 아쉬움이 많이 남았던 것인지, 헤빈 디그라이언은 열띤 어조로 설명을 이어 갔다.

그 모습을 바라보며 잠시 미소 지은 김신이 단단히 대답하는 순간.

"알겠습니다."

똑똑—!

노크 소리가 들리고.

"오랜만입니다, 김신 선수."

양키스의 명단장, 캐시먼이 모습을 드러냈다.

"예, 오랜만입니다."

의례적인 안부 인사를 나눈 뒤 테이블에 자리를 잡은 세 사람.

"무슨 용건이신지 모르겠습니다만…… 곧 볼티모어로 떠나야 하니 짧게 부탁드립니다."

비행기를 타면 한 시간 정도밖에 걸리지 않는 짧은 거리이지만 그래도 원정은 원정.

등판하지 않는 원정에는 함께하지 않았다는 어떤 개자식과는 근본부터 다른 김신이 시작부터 시간을 못 박았다.

그리고 김신의 말을 들은 캐시먼은.

"예, 저도 잘 알고 있습니다. 단도직입적으로 말씀드리죠."

품 안에 손을 넣어, 쪽지 하나를 꺼내 건넸다.

그 안에 적힌 것은.

"12년 3억 달러?"

상식을 파괴하는 수준의 메이저 사상 최고가였다.

야구란

12년 3억 달러.

게릿 콜, 브라이스 하퍼, 지안 카를로 스탠튼, 매니 마차도 등 3억 달러가 넘는 계약이 체결될 2010년대 후반이 아닌 2012년.

손에 들린 쪽지에 적힌 그 액수는 김신을 놀라게 하기에 충분했다.

'이때의 양키스에 이런 여유가 있었다고?'

하지만 그것은 잠시뿐.

'그럴 리가.'

당장 2년 뒤부터 줄줄이 체결될 에이스급 투수들의 계약만 보더라도……

클레이튼 커쇼, 7년 2억 1,500만.

맥스 슈어저, 7년 2억 1,000만.

데이빗 프라이스, 7년 2억 1,700만.

연평균 액수로 치자면 12년 3억보다 크지만, 명백히 작은 보장 기간과 총액.

그렇다고 그들이 김신에 비해 부족한 투수들일까?

아니, 그들은 모두 사이 영 위너이며, 시대를 지배했다고 평가받을 만한 투수들이었다.

'내가 아직 그 정도는 아니지.'

즉, 아무리 전대미문의 기록을 세우고, 지금도 세워 나가고 있는 투수라고 하더라도.

미래가 불투명한 신인 투수에게 12년 3억은 2010년대 후반이어도 불가능한 액수다.

구단은 로맨틱한 자선 사업가가 아닌, 냉혹한 자본가 그 자체니까.

김신은 냉정히 스스로의 현주소를 파악했다.

에반 롱고리아의 9년 4,400만보다는 더 나오겠지만, 이건 명백히 오버 페이라고.

그리고 가슴에 깃들기 시작한 의심은 이상한 점 하나를 더 발견해 냈다.

'12년. 아직 나올 때가 아니지.'

현재 메이저리그 최장 계약은 알렉스 로드리게스와 알버

트 푸홀스의 10년.

이것이 깨지고 12년, 13년의 초장기 계약이 나오는 시기는 2015년 지안 카를로 스탠튼의 13년 3억 2,500만 달러 계약부터다.

더군다나 10년을 초과하는 초장기 계약의 당사자는 대부분 타자들.

투수보다 롱런할 확률이 훨씬 높은 직군이었다.

그렇게 김신의 가슴속에 깃든 의아함이 확신이 되어 갈 때.

"진심입니까?"

같은 생각에 도달한 김신의 지지자가 매서운 설검(舌劍)을 휘둘렀다.

"진심이라면 당신은 캐시먼의 탈을 쓴 머저리이고, 아니라면 정말 고약한 장난이군요."

그러나 캐시먼은 당황하지 않은 채 태연히 말을 이었다.

"물론 구단의 사정상 지금 당장 그 정도 규모의 계약을 체결할 수는 없습니다. 하지만 제가, 양키스가 김신 선수를 어느 정도로 생각하고 있는지를 전달하고 싶었습니다."

말뿐인 공수표.

'그럼 그렇지.'

그런 건 누구나 날릴 수 있으리라.

그럼에도.

'압도적이긴 했지만 이제 겨우 두 달 뛴 선수한테 단장이

직접 찾아와서 이러는 건…… 확실히 존중의 표현이긴 해.'

캐시먼의 설명을 들은 김신의 기분은 전혀 나쁘지 않았다.

그걸 눈치챈 것인지, 김신의 기색을 살피던 캐시먼은 쪽지 하나를 더 꺼내 건넸다.

"그리고 이건 좀 더 현실적인 제안입니다."

그곳에 적혀 있는 건, 기간 없는 단출한 숫자.

"120만 달러……. 제 내년 연봉인가요?"

"그렇습니다."

구단에서 주는 대로 연봉을 수령해야 할, 아직 연봉 조정 자격도 없는 풀타임 1년 차 선수에게 제안했다기엔 놀라운 금액.

김신이 인정하는 '그 타자'가 내년에 수령할 100만 달러를 초과한 액수였다.

'괜찮군.'

그러나 이번에는 지지자와 의견이 갈렸다.

"이제 보니 캐시먼 단장님, 쇼맨십이 아주 대단하시군요."

이번에는 어림없다는 듯 코웃음을 친 혜빈은 테이블에 비치된 휴지를 들어 몇 글자를 휘갈기고는 다시 캐시먼의 앞에 내려놓았다.

그 휴지를 물끄러미 바라보던 캐시먼은 방금 전 혜빈의 말을 그대로 돌려주었다.

"진심이라면 당신은 혜빈 디그라이언의 탈을 쓴 머저리고, 아니라면 정말 고약한 장난이군요."

"뭐가 말입니까?"

"사이 영 보너스, 15승 보너스, 실버슬러거, 골드글러브, 평균자책점, 탈삼진에…… 허, MVP까지? 지금 장기 계약을 하자는 겁니까?"

그 말에 어깨를 으쓱해 보이는 헤빈.

"글쎄요. 저는 충분히 삽입 가능한 옵션이라고 생각합니다만."

바이오 제네시스 스캔들을 통해 잠시간 손을 잡았던 두 사기꾼이 서로의 목줄을 노리기 시작했다.

"시간이 촉박한 게 아쉽군요. 돌아가셔서 충분히 심사숙고해 보시길 바랍니다."

"심사숙고까지는 필요 없을 듯하군요."

캐시먼과 헤빈의 대립은 볼티모어행 비행기 시간이라는 물리적 한계에 부딪혀 금세 끝을 맺었다.

어느새 떠나야 할 시간.

대화가 충분히 마무리됐다 생각한 김신은 작별 인사와 함께 자리에서 일어나려 했으나.

"감사합니다. 구단에서 저를 어떻게 생각하는지는 잘 전해졌습니다. 에이전트와 함께 충분히 고려해서 답변해 드리겠습니다."

"예, 꼭 김신 선수를 주축으로 다시 한번 그레이트 양키스를 만들어 내겠습니다. 모쪼록 긍정적인 답변 기다리죠."

"그쪽이 먼저 긍정적인 답변을 보낸다면, 저희도 충분히 긍정적인 답변을 할 의사가 있습니다."

헤빈의 마지막 일격을 무시라는 카드로 스무스하게 막아넘긴 캐시먼은 김신을 진중하게 바라보며 입을 열었다.

"뉴욕 양키스. 제 입으로 말하긴 뭐하지만 악의 제국이라 불리는 팀입니다."

"……?"

"하지만 그런 양키스도 메이저리그 소속의 일개 팀일 뿐이고, 왕조의 건설은 매우 어려운 일입니다. 십여 년 전과 달리 더욱 힘들어졌죠. 한정된 자원을 효율적으로 써야만 가능한 일입니다."

신나게 공수표를 날려 놓고 하는 약한 소리.

'마무리된 줄 알았건만, 끈질긴 협상이란 게 이런 건가?'

옵션 계약에 대한 포석인 걸로 생각한 김신은 대수롭지 않게 대답했지만.

"알겠습니다. 긍정적으로 검토해 보겠다고 약속드리죠."

캐시먼이 입에 올린 두 사람의 이름은.

"프란시스코 린도어. 제이콥 디그롬."

김신에게 다시 흥미를 불러일으켰다.

"김신 선수가 추천했던 선수들이 현재 마이너를 폭격하고 있죠. 바이오 제네시스 건도 그렇고, 어떻게 알았는지는 묻지 않겠습니다. 그저, 요청드립니다."

"……."

"김신 선수와 함께 왕조를 건설할 또 다른 코어를, 저에게 추천해 주시겠습니까? 반드시 데려오겠다는 말은 못하지만, 긍정적으로 검토하겠습니다."

눈동자에 한가득 빛을 담은 채 김신을 바라봐 오는 캐시먼.

그 눈빛을 받으며, 김신의 뇌리에는 네 사람의 이름이 명멸했다.

에릭 차베스, 에두아르도 누네즈.

현재 양키스의 타선에서 작은 불협화음을 일으키고 있는 두 선수의 이름과.

그 불협화음을 절정의 협화음으로 바꿔 줄 두 선수의 이름이.

김신은 지체 없이 입을 열었다.

"매니 마차도."

미래 3억 달러 규모의 초대형 계약을 체결할 스타플레이어.

'지금이 분명 가장 저평가돼 있을 시기야.'

이미 유망주 랭킹에 오르긴 했지만 AA리그에서 시간을 허비하고 있을 지금이 아니면, 1년만 지나도 트레이드의 트자도 꺼내지 못할 선수.

지금은 AA 리그에서 유격수 포지션으로 뛰고 있을 매니 마차도는, 2013시즌 3루수 가뭄을 겪던 볼티모어의 마지막 선택으로 3루수로 전향해 메이저에 오르고.

베테랑이라 해도 믿을 만한 안정된 수비와 미친 듯한 맹타를 휘두르며 곧장 주전 자리를 꿰찬 뒤.

2년 차에는 골드글러브를 수상하는 기염을 토한다.

'돈값을 못하긴 했지만…….'

비록 미래의 그가 쌓아 올릴 성적이 3억 달러라는 초대형 계약에 비하면 빛이 바래긴 하지만.

그 이름을 에릭 차베스나 에두아르도 누네즈와 비교하기엔 비교 자체가 미안한 정도의 수준.

김신은 무언가 떠올랐는지 의미심장한 미소를 짓고 있는 헤빈을 일별하며 설명을 이어 갔다.

"볼티모어 팜에 있는 유격숩니다. 주포지션은 유격수지만 3루수로도 뛸 수 있고, 아마 2루수도 소화할 수 있을 겁니다. 검토해 보세요."

"압니다. 잘 검토해 보죠. 그럼, 원정 잘 다녀오십시오."

고개를 끄덕인 뒤 인사와 함께 매니 마차도의 이름을 되뇌며 엉덩이를 떼는 캐시먼.

그러나 캐시먼이 완전히 일어서기도 전에 김신의 입에서 두 번째 이름이 튀어나왔다.

"조시 도널드슨."

"……?"

계약 규모만 치자면 매니 마차도와 비교조차 안 되지만, 성적만큼은 그를 뛰어넘는.

10년간 놀란 아레나도와 함께 메이저 최고의 3루수 자리를 양분할 2015시즌 아메리칸리그 MVP.

'매니 마차도보단 힘들 수도 있지만…….'

매니 마차도와 비교했을 때 현재 트리플A에서 좋은 모습을 보여 주고 있기도 하고, 오랜 시간 오클랜드에서 뛴 탓에 트레이드가 훨씬 더 어려울 수도 있었지만.

'뭐…… 내 일도 아닌 데다, 밑져야 본전이니까.'

사실 둘 중 하나만 데려와도 되는 상황.

김신은 대수롭지 않게 걱정을 털어 내며 설명을 이어 갔다.

"오클랜드 트리플A에 있는 3루수입니다. 얼마 전에 3루수로 전향한 데 비해 수비력도 준수하고, 타격은 특히 좋습니다."

그 설명을 들은 캐시먼은 턱을 쓰다듬더니 툭 뱉었다.

"오클랜드가 디트로이트에서 방출당한 3루수, 브랜든 인지를 영입한 게 며칠 전. 저희가 충분히 노려 볼 틈이 있지요. 조시 도널드슨은 저도 주시하고 있었습니다."

알고는 있었지만, 피부로 체감되는 캐시먼의 능력에 김신은 속으로 미소 지었다.

'과연…… 지켜보고 있었다는 건가. 하긴 이 정도는 해야

겠지.'

오랜 시간 함께할 가능성이 높은 단장이 능력 있다는 건 더 좋을 수가 없는 일 아니겠는가.

할 이야기를 모두 마친 김신은 시계를 확인하고는 천천히 자리에서 일어났다.

"제가 아는 건 그 정도입니다. 둘 다 데려와도 좋고, 하나만 데려와도 팀에 큰 도움이 될 거라고 확신합니다. 그럼 이제 정말 시간이 없군요. 안녕히 가십시오."

"감사합니다. 토론토전에서의 선발 출전, 기대하고 있겠습니다."

그리고 캐시먼이 호텔 방을 빠져나간 뒤.

"이것도 다 의도하신 겁니까?"

품 안에서 데뷔전 직전 건넸던 쪽지를 새삼 꺼내 들어 올리는 헤빈에게, 김신은 짐짓 의뭉을 떨었다.

"아뇨, 그럴 리가요."

"뭐, 그러시겠죠. 그런 걸로 알겠습니다. 일단 시간이 없으니……."

헤빈은 그럼 그렇지 하는 표정을 보인 뒤 이내 급히 떠나야 할 김신을 안내하려 했으나.

행동을 멈출 수밖에 없었다.

"아, 깜빡할 뻔했네요. 전에 말했던 방송 출연 건, 다시 일정 잡아 주세요."

"예?"

"대충 마무리가 됐거든요."

"설마……."

왼손 엄지와 검지를 동그랗게 모아 들어 보인 김신은, 남은 세 손가락으로 혜빈의 태블릿 PC를 가리켰다.

"싫으면 취소하실래요?"

"아닙니다!"

한 시간 뒤, 뉴욕 양키스의 전세기가 볼티모어로 향했다.

그리고 다음 날. 그 뒤를 따른 사기꾼 한 명에 의해.

〈양키스, 애슬레틱스, 오리올스. 대형 삼각 트레이드 전격 합의!〉

〈앤드루 존스, 프레디 가르시아, 에릭 차베스 OUT! 조시 도널드슨, 매니 마차도, 브랜드 피콕 IN!〉

또 한 번의 사기 거래가 이루어졌다.

"하하."

"……? 김신 선수, 무슨 좋은 일이라도 있으신가요?"

"아뇨, 별거 아닙니다. 시작하시죠."

"네. 이쪽 카메라를 봐 주세요."
양키스로 모여 들고 있는 별들의 환한 빛에.
그 별들 가장 앞에 있는 태양이 활짝 웃었다.

<메이저급 선수를 보내고 AA급 선수를? 계속되는 양키스의
이해할 수 없는 행보>

또다시 이루어진 초반 트레이드.
양키스 팬들은 찬반양론으로 갈려 치열하게 논쟁했다.

 –무슨 유망주 수집기냐? 양키스 맞아?
 –올해 안 달려? 지금 이 페이스인데 안 달린다고?
 –빌어먹을 A-rod 빈자리에 FA 하나 채워 넣어도 모자랄 판에!

다수의 팬들이 캐시먼과 프런트를 비난했지만.

 –다 늙은 투수랑 팀 타격 갉아먹는 3루수, 필요 없는 외야 백업
보내고 유망주 받으면 좋긴 하지.
 –조시 도널드슨 메이저에서 바로 쓸 수 있겠던데? AAA 성적 괜
찮던데?

―캐시먼 믿는다. 지난번에도 이러다가 대박 터졌잖아.

　―프레디 가르시아도 뭐 있는 거 아냐?

　약쟁이들을 넘겨주고 마이너를 폭격하는 유망주들을 데려온 지난 트레이드의 여파로.

　캐시먼을 찬양하는 반대 여론 또한 슬그머니 고개를 들었다.

　그리고 그 시각.

　MBS SPORT+에서 간절히 원하던 인터뷰를 가볍게 받아 준 김신은 기사들을 확인하며 참을 수 없는 웃음을 흘렸다.

　"하핫, 정말로 둘 다 데려올 줄이야."

　그가 이야기했던 매니 마차도와 조시 도널드슨은 물론이거니와 패전 처리로 쓸 만한 투수 브래드 피콕까지.

　절대 손해 보지 않는 캐시먼의 트레이드에 만족스럽게 고개를 끄덕이며, 김신은 천천히 미래의 양키스 로스터를 머릿속에 그렸다.

　'포수 게리 산체스, 유격수 프란시스코 린도어.'

　지난 생과는 달리 트라우마 없이 활약할 홈플레이트의 주인과 데릭 지터의 자리를 완벽히 메꿔 줄 골드글러브급 유격수.

　'매니 마차도를 2루로 컨버전시키면…… 3루에 조시 도널드슨, 2루에 매니 마차도.'

　MVP급 3루수와 3억 달러짜리 공수 겸장 2루수.

'제이콥 디그롬이 올라와서 2선발만 채워 주면 원투 펀치도 완성이니까……'

사이 영 2회에 빛나는 2010년대 후반 메이저 최강의 투수와.

그 투수를 2선발로 뛰게 만들 사상 초유의 양손 투수.

'남은 건 1루와 외야 정도.'

유망주가 모두 올스타급으로 터지고.

그 선수들이 FA 자격을 얻기 전, 서비스 타임 동안 작은 페이롤로도 우승이 가능하다는 만화 속 이야기.

A-rod라는 폭탄이 곧 돌아올 뉴욕 양키스에는 그런 만화 속 이야기가 필요했다.

'충분히 할 수 있어.'

그리고 그 만화 속 이야기를 실현하여…… 아니, 뛰어넘어 왕조(王朝)를 세우고자 하는 남자는.

"후후."

다시 핸드폰을 들었다.

"아, 혜빈. 전에 말했던 선수들은 어떻게 됐습니까? 계약 가능할 것 같다고 했던 거 같은데."

부족한 조각을 채우기 위해.

"그렇습니까? 알겠습니다. 인터뷰요? 잘 끝냈죠. 걱정하실 필요 없습니다. 그리고 '게네들'은……. 네. 네, 그러십시오. 잠시 뒤에 다시 말씀드리죠. 그럼 끊겠습니다. 들어가세요."

그리고 손에 쥔 카드를 최대로 활용하기 위해.

"캐시먼, 트레이드 소식 봤습니다. 제 의견을 존중해 주셔서 정말 감사합니다. 네? 하하, 그래도요. 아, 그리고 또 드리고 싶은 말씀이 있는데, 매니 마차도 선수는……."

제국의 여명이 빛을 발하고 있었다.

언성히어로(Unsung Hero).

보이지 않는 영웅이라는 뜻으로, 두드러지진 않지만 팀의 승리를 위해 헌신을 다한 선수를 이르는 말.

하지만 보이지 않는 영웅이란, 다른 말로 하면 언제든 사라질 수 있는 영웅이라는 소리다.

볼티모어 오리올스와의 1차전을 기분 좋은 승리로 장식한 양키스의 클럽 하우스에서.

언성 히어로 세 명이 팀의 외면을 받았다.

"젠장!"

이제야 간신히 주전으로 도약했다며 그 자리를 굳건히 하겠다며 의지를 불태우던 에릭 차베스는.

"아무리 그래도 이건 아니잖아!"

갑작스럽게 전해진 트레이드도 착잡한 마당에, 그 트레이드 팀이 방금 전까지 적으로 만났던 볼티모어라는 사실에 문을 거세게 박차고 나갔고.

"어쩔 수 없는 일이야……."

닉 스위셔, 라울 이바네즈에 이은 세 번째 외야 백업 앤드루 존스는 예상했던 일인 양 씁쓸하게 고개를 저으며 라커룸을 빠져나갔다.

시끌시끌한 온라인 세계와 달리, 승리했음에도 조용히 가라앉은 그곳에.

"……가르시아 씨."

필 휴즈의 목소리가 울렸다.

그 대상은 팀의 사정으로 버려진 언성 히어로 중 하나.

감정의 격동을 표현하며 자리를 비운 에릭 차베스, 앤드루 존스와 달리.

대수롭지 않다는 듯 클러비들의 도움조차 거절한 채 짐을 챙기고 있던 중년인.

프레디 가르시아.

들려온 목소리에 고개를 돌린 늙은 투수는, 오히려 웃는 표정으로 젊은 투수를 맞이했다.

"오, 휴즈. 마음은 고맙지만 도와줄 필요는 없어."

사정을 모르는 사람이 보면 착잡한 표정의 필 휴즈가 떠나고, 프레디 가르시아가 들어오는 것 같은 가벼운 웃음.

필 휴즈는 더욱더 표정을 구기며 나직이 말했다.

"그런 건 클러비들에게 맡기시죠. 왜 직접……."

하지만 묵직하게 손가락을 젓는 프레디 가르시아.

"이봐, 애송이. 이건 내 의식이야. 이래야 정말로 다 정리하고 떠나는 느낌이 들거든. 방해할 거면 가 줘."

"……."

그 확고한 대답에 필 휴즈는 더 이상 아무 말도 할 수 없었다.

마이너에서부터 메이저에 이르기까지, 트레이드란 야구 선수의 숙명과도 같은 일이다.

그러나 이런 갑작스럽고 원하지 않는 트레이드는 이제 막 마이너에서 올라온 게리 산체스나 수많은 시간을 겪은 팀의 베테랑이나 동일하게 가슴 아픈 일.

'저럴 수가 있나…….'

그런데 정말 아무렇지도 않아 보이는, 오히려 의식이랍시고 제 짐을 스스로 정리하고 있는 프레디 가르시아를 바라보며.

필 휴즈는 자신의 미래를 떠올리지 않을 수 없었다.

그사이 천천히 떠날 준비를 마친 프레디 가르시아는 미소 지으며 굳어 있는 필 휴즈의 어깨를 두드렸다.

"이게 바로 메이저리그다, 애송이."

"가르시아 씨……."

그러고선 자신을 덤덤히 바라보고 있는 데릭 지터.

얼마 전에 콜업된 어린 포수와 조용히 무언가를 속삭이고 있는 김신.

마지막으로 제 손에 들린 짐을 차례대로 눈짓하더니.

필 휴즈의 귀에 속삭이는 것이었다.

"열심히 발버둥 쳐야 할 거야."

콰앙–!

노장은 씨앗을 남긴 채, 길고 긴 여정 길에 다시 한번 발을 디뎠고.

"……."

남겨진 씨앗은 천천히 그 새싹을 들었다.

"흐음……."

그리고 곁눈질로 그 새싹 안에 들어차고 있는 것을 확인한 한 남자는.

"휴즈 씨."

"무슨 일이지, 킴?"

"다름 아니라 소개시켜 주고 싶은 사람이 있는데, 언제 시간 괜찮으세요? 어제부로 조금 한가해진 아저씨가 한 명 있어서요, 하하."

새싹이 거대한 나무가 되기 위한, 햇빛과 물을 지원하는 것이었다.

"……?"

"후회하지 않으실 겁니다."

필 휴즈의 파란만장한 인생사가 격변을 맞이하기 시작했다.

갑작스러운 트레이드가 대상이 된 선수의 마음을 착잡하게 만드는 것과는 상관없이.

그 트레이드가 선수 개인에게 엄청난 이득으로 돌아오는 경우는 결코 적지 않다.

"반갑네, 도널드슨."

"예, 잘 부탁드립니다, 보스."

특히 트레이드를 통해 주전으로 도약하거나, 아예 다른 리그로의 성장이 가능한 경우에는 트레이드 소식 자체가 기쁨이 될 수가 있다.

'좋았어! 이제 시작이야!'

대형 삼각 트레이드가 성사된 다음 날, 뉴욕 양키스와 볼티모어 오리올스의 2차전이 예정된 5월 15일 오전.

트레이드와 동시에 콜업되어, 메이저리그에 자신의 자리를 갖게 된 조시 도널드슨이 바로 그런 경우였다.

"오자마자 피곤할 텐데 미안하지만, 오늘 경기에 출전해야 하니 준비 부탁하네."

"피곤하다뇨! 지금 당장이라도 뛸 수 있습니다!"

조 지라디 감독 앞에서, 조시 도널드슨은 마치 면접장인 양 제 패기를 숨김없이 내보였다.

1985년생, 이제 나이 만 26세.

남들은 메이저리그 주전으로 승승장구할 때, 마이너에서
만 뛰었던 조시 도널드슨이 초조하지 않을 수 없는 일.

그럼에도 계속해서 희망 찬 방망이를 휘둘렀던 건, 그의
실력에 대한 믿음도 믿음이지만.

소속 팀인 오클랜드에 마땅한 3루수가 없다는 것이 큰 부
분을 차지했었다.

그 자리가 조시 도널드슨, 자신의 것이 될 거라 믿어 의심
치 않았기 때문.

그런데 오클랜드는 4월 말, 디트로이트에서 방출된 3루수
브랜든 인지를 영입했고.

'그땐 진짜 엿 같았는데 말이야.'

아무리 브랜든 인지가 똥을 싸더라도 몇 달은 기회를 줄
테니, 그동안은 꼼짝없이 트리플A에서 썩어야 하는 상황이
도래했다.

그렇게 불투명해져 가는 자신의 미래에 낙담하고 있을 때.

"다행이군. 어쨌든 오늘 기대하겠네."

"예! 열심히 뛰겠습니다!"

갑작스러운 트레이드로 뉴욕 양키스에 새로이 둥지를 틀
게 되면서, 그의 메이저 콜업이 곧바로 이루어진 것이다.

더군다나 뉴욕 양키스에는 주전 3루수가 없다시피 한 데
다, 하나 있던 경쟁자마저 이번 트레이드로 볼티모어로 넘어
간 상황.

'아쉬움이 없다면 거짓말이지만······.'

포수에서 3루수로 컨버전한 곳도 오클랜드고, 그런 그를 물심양면으로 지원한 곳도 오클랜드이며, 그가 콜업의 가능성을 봤던 곳도 오클랜드.

조시 도널드슨은 이왕이면 오클랜드에서 활약하고 싶었다.

하지만.

'이건 비교가 안 되잖아?'

그 모든 것은 메이저 출전, 그것도 사실상의 주전과는 비교조차 불가능한 것들이었다.

2010시즌, 포수로 이미 데뷔는 치렀지만.

겨우 데뷔 하나로는 그의 갈증을 채우기에 너무나 부족했으니까.

"그래, 나가 봐."

"예!"

물론 그가 볼티모어로 떠난 에릭 차베스 이하의 성적을 기록한다면, 다른 마이너 자원이 올라오리라.

하지만 조시 도널드슨은 자신이 있었다.

'다 씹어 먹어 주지.'

별들의 전장이라는 메이저에서도 빛나는 별이 될 자신이.

그렇게 조시 도널드슨이 의지를 불태우며 감독실을 떠나간 시각.

뉴욕 양키스의 더블A 구단, 트렌턴 선더.

또 다른 미래의 슈퍼스타가 피곤한 기색으로 짐을 풀었다.

그리고 그에게도 만남이 기다리고 있었다.

똑똑—!

"매니 마차도 씨?"

"예, 무슨 일입니까?"

"감독님께서 부르십니다."

"……알겠습니다. 곧 가죠."

도착하자마자 감독이 찾는다는 소리에 즉각 감독실로 향한 매니 마차도.

"반갑네. 트렌턴 선더의 감독, 토니 프랭클린일세."

"매니 마차도입니다. 잘 부탁드립니다, 보스."

손을 내밀며 그를 맞이한 토니 프랭클린은, 악수가 끝나기 무섭게 본론을 꺼내 왔다.

"지금부터 내가 하는 얘기, 너무 기분 나쁘게 듣지 말게."

"……?"

"위에서 자네의 2루수 전향을 원하고 있네. 물론 선택은 자네 몫이야. 2루수로 전향해도 좋고, 그대로 유격수를 보더라도 내가 자넬 평가하는 데 영향을 미치는 일은 없을 걸세."

2루수 전향.

그 이야기를 듣는 매니 마차도의 표정에 놀람이 깃들었다.

당황한 듯한 그를 바라보며, 토니 프랭클린은 말을 이었다.

"다만 저 위에서 직접적으로 원하는 만큼, 2루수로 전향한다면 좀 더 빠른 콜업이 가능할 거라는 말은 해 주고 싶군."

손가락으로 하늘을 가리키며 전한 말.

매니 마차도는 고개를 숙이며 답했다.

"고민해 보겠습니다."

그리고 그날 저녁.

따악—!

[데릭 지터! 오늘도 데릭 지터는 데릭 지터입니다!]

따악—!

[맙소사! 조시 도널드슨—!]

뉴욕 양키스와 볼티모어 오리올스의 2차전 저녁 경기를 관전한 매니 마차도는.

"여보세요?"

—네, 결정하셨나요?

"……예."

—어떻게 하시겠습니까?

"말씀하신 대로 하겠습니다."

—현명하신 판단입니다. 후회하지 않으실 겁니다.

"미스터 디그라이언의 말씀처럼…… 꼭 그렇게 됐으면 좋겠네요."

결정을 내렸다.

누군가의 강력한 입김 속에서.

[웰컴 투 더 베이스볼! 안녕하십니까, 시청자 여러분. 여기는 뉴욕 양키스와 볼티모어 오리올스의 2차전 경기가 열리고 있는 오리올스의 홈구장, 오리올 파크 엣 캠든 야즈입니다!]

"와아아아아아―!"

관중이 빼곡하게 들어찬 볼티모어 오리올스의 홈구장, 오리올 파크 엣 캠든 야즈.

홈팀인 볼티모어 오리올스의 더그아웃에 굳은 표정으로 앉아 있는 남자가 있었다.

"후우⋯⋯."

그의 이름은 에릭 차베스.

오늘부로 볼티모어 오리올스의 새로운 주전 3루수가 된 남자였다.

거기까지라면 '그게 왜?'라고 할 만한 일이나.

이 남자가 어제까진 반대편 더그아웃에 앉아 있었다는 점.

또 트레이드된 바로 당일에 출전하게 되었다는 점을 알게 된다면 한숨을 흘리거나 쯧쯧 하며 혀를 차게 되리라.

'젠장.'

그리고 그 당사자인 에릭 차베스 또한 어떤 감정을 격하게 느끼는 중이었다.

물론 트레이드란 메이저리거의 숙명과 같은 일이고.

벌써 10년 차가 넘은 에릭 차베스도 그건 잘 알고 있었다.

애초에 양키스도 오클랜드 애슬레틱스에서 내쫓긴 뒤 다시 찾은 둥지였으니까.

하지만 오히려 내쫓겼을 때보다 지금이 더욱 화가 났다.

오클랜드에서 내쫓겼을 때는 워낙 스스로의 성적이 좋지 않았고, 먹튀라고 욕도 먹었으며, 부상도 계속해서 당했다.

그러나 양키스에서는 백업 요원으로 1년 이상 묵묵히 헌신했고, 주전 3루수가 된 이후로는 3할에 근접하는 준수한 타율과 평범 이상의 수비를 보여 왔는데.

그의 약진과 함께 지구 선두로 치고 나가는 양키스가 마지막을 불태울 만한 팀이라 여기고 있었는데.

'저 듣도 보도 못한 애송이를 데려오자고 나를 내쳐?'

반대편 더그아웃에 자기 자리를 차지한 놈팽이의 얼굴이 보이니, 어찌 평정심을 유지할 수 있겠는가.

"미스터 차베스, 준비하자고."

"예스, 보스."

새로운 유니폼과 동료들에게서 느껴지는 어색함까지도 한데 엮어.

차베스는 모든 감정을 새로운 양키스의 3루수 조시 도널드슨과 트레이드를 단행한 단장 캐시먼에게 투사했다.

'후회하게 해 주지.'

가혹한 메이저리그의 일정을 견디길 10년.

에릭 차베스의 몸은 이미 많은 부분이 망가져 있었고.

그 또한 은퇴를 고민하고 있던 시기였으나.

베테랑을 이렇게까지 홀대한다면 응당 그 대가를 치르게 해 주어야 인지상정이 아니겠는가.

"렛츠 고—!"

누군가인지 모를 파이팅을 받으며, 에릭 차베스는 1회 초 수비를 위해 그라운드로 발을 디뎠다.

[원정 팀 뉴욕 양키스의 1회 초 공격으로 경기가 시작되겠습니다.]

그리고 마운드에는 누군가를 떠올리게 하는 동양인이 비슷한 자세로 등을 보이고 있었다.

'이 친구도 꽤나 한다고 들었는데.'

16이라는 등번호를 가진 그 남자의 이름은 천웨인.

아직은 갓 입단한지라 기대주 수준이지만 명실상부 2012년, 아니, 앞으로 4년간 볼티모어 오리올스의 에이스로서 포효할 사나이였다.

김신과 같은 동양인, 그와 같은 좌완 오버핸드를 연상케 하는 하이 스리쿼터, 같은 포심—슬라이더—커브 로테이션.

연습 투구를 바라보던 에릭 차베스의 마음이 기대감으로 차올랐다.

'킴 정도는 아니겠지만…… 힘내 달라고.'

에릭 차베스의 응원을 받으며, 천웨인의 팔이 휘둘렸다.

뻐엉—!

"스트라이크!"

$$\ominus$$

2012년 5월 15일 현재, 볼티모어의 대양키스 전적은 그야 말로 처참한 수준이었다.

시즌 초 3연패를 당하며 시리즈를 넘겨준 데 이어.

4월 30일부터 치러졌던 두 번째 시리즈에서도 맥없이 스 윕 패를 당했고.

바로 어제 경기였던 1차전에서도 패배하여 무려 7연패.

그들이 기록한 패배의 거의 절반 가까이가 양키스가 선사 한 것이었다.

개인적인 사유가 있는 에릭 차베스뿐만 아니라 볼티모어 오리올스의 모든 선수들이 눈에 불을 켜고 경기에 임하는 것 은 불을 보듯 뻔한 일.

그런 덕분일까?

"아웃!"

[아, 잘 맞은 공이 유격수에게 걸립니다! 쓰리 아웃, 체인지! 추신서 선 수, 아쉬운지 고개를 흔듭니다.]

[저도 거의 안타라고 봤는데요. J. J. 하디 선수의 호수비입니다.]

강력하기로 소문 난 양키스의 선두 타선을 손쉽게 삼자범 퇴로 잠재운 볼티모어.

그리고 이어진 1회 말.

따악-!

[쳤습니다! 좌중간! 좌익수 앞에 떨어지는 안타! J. J. 하디 3루 돌아 홈으로! 선취점! 볼티모어가 1회 말부터 앞서 나가기 시작합니다!]

[애덤 존스! 자기 할 일을 명확히 해 줍니다!]

호수비 뒤에 기회가 온다는 말을 증명이라도 하듯.

2번 타자 J. J. 하디의 볼넷과 도루, 3번 타자 닉 마카키스의 희생플라이로 만들어진 2사 3루의 기회를 4번 타자 애덤 존스가 마무리하며 볼티모어는 경기 초반부터 앞서 나가기 시작했다.

뻐엉-!

"스트라이크아웃!"

비록 5번 타자 맷 위터스가 삼진을 당하며 추가 득점은 없었지만, 양키스의 이름 높은 1선발 C. C. 사바시아를 1회 말부터 두드린 것은 확실히 기세를 잡은 것.

"좋았어!"

"그렇게 하라고!"

그리고 팬들의 기분 좋은 격려와 함께 2회 초 다시 마운드에 오른 천웨인은.

뻐엉-!

"스트라이크!"

에릭 차베스의 복수 아닌 복수를 도와주겠다는 것처럼, 양키스의 중심 타선까지 삭제해 버리기에 이른다.

'오늘 뭔가 되겠는데?'

그리고 이어진 2회 말.

6번 타자이자 팀의 선두 타자로, 에릭 차베스가 타석에 섰다.

[타석에 6번 타자 에릭 차베스 선수가 들어섭니다. 어제의 동료가 오늘은 적이 됐네요.]

[확실히 시리즈를 치르고 있는 상대 팀으로의 트레이드, 그리고 곧바로 선발 출장은 드문 일이죠. 두 선수 다 어색할 거예요.]

[그렇겠죠. 두 선수 가볍게 인사를 나누네요. 과연 에릭 차베스 선수는 친정 팀에 비수를 꽂을 수 있을지, 긴장되는 순간입니다.]

같은 팀이었던 지난 2년뿐 아니라, 에릭 차베스는 10년이 넘도록 C. C. 사바시아의 공을 지켜봐 왔다.

1998년과 2001년. 고작 3년 차이로 데뷔한 이래, 쭉 같은 야구 판에 있었으니까.

'옛날에는 잘만 쳤는데 말이야.'

한때는 그도 지금의 사바시아처럼 빛나던 순간이 있었다.

6개의 골드글러브를 따내고, 실버슬러거를 움켜쥐고, 그 빌리 빈으로부터 장기 계약을 받아 내던 순간이.

언젠가처럼 마운드와 타석에서 적으로 만나게 된 사바시아의 모습에 불현듯 떠오른 기억.

하지만 그 추억에 잠시 흐트러졌던 에릭 차베스의 눈은 금세 제자리로 돌아왔다.

'후, 집중하자.'

그는 알고 있었다.

과거는 과거일 뿐, 절대로 돌아오지 않는다는 것을.

그러므로 은퇴에 반쯤 발을 들인 자신보다, 3루 베이스 근처에서 어슬렁대는 저 어린놈이 장기적으로 훨씬 나은 선택일 수도 있다는 것을.

그러나 에릭 차베스는 믿었다.

미래의 조시 도널드슨이 미래의 에릭 차베스보다 나은 선택일 수는 있다.

하지만 현재의 조시 도널드슨이 현재의 에릭 차베스보다 나은 선택일까?

'아니.'

적어도 올해, 단 1년만큼은 에릭 차베스가 조시 도널드슨보다 나은 선수다.

언제나 달려야만 하는 팀, 뉴욕 양키스의 2012시즌 주전으로 어울리는 것은 조시 도널드슨이 아니라 에릭 차베스다.

그것을 증명하기 위해.

에릭 차베스가 땅을 골랐다.

'포심만 노린다. 바깥쪽 낮은 코스.'

구종에 코스까지 픽스해 버리는 극단적인 게스 히팅.

여기저기 부상으로 신음하는 몸을 이끌고 C. C. 사바시아

가 던지는 다섯 가지 구종을 그때그때 판별해서 대처할 자신
은 없다.

아니, 슬라이더는 알아도 치지 못할 확률이 높다.

하지만 베테랑에게는 베테랑만의 방법이 있는 법.

이번 경기에서 C. C. 사바시아가 반드시 사용할 단 한 가
지 구종, 한 가지 코스만큼은.

그것만큼은 저 하늘 너머로 날려 버릴 수 있다.

반지를 획득할 마지막 기회를 잃어버린 베테랑이, 이미 반
지를 가진 어제의 동료를 바라보며 두 손을 움켜쥐었다.

[C. C. 사바시아. 제1구!]

투수의 손에서 빠져나온 공이 포수의 미트에 도착하기까
지의 시간은 대략 0.35~0.5초 사이.

타자가 구질을 판단하고 배트를 움직일 것을 '결정'해야 하
는 시간은, 고작해야 0.1초.

그러나 0.001초 만에…… 아니, 그 전부터 미리 결정된 한
줄기 선을 따라 에릭 차베스의 방망이가 거침없이 허공을 갈
랐다.

수백 번 머리에 그려 왔던 대로, 눈을 감고도 휘두를 수 있
도록 몸에 각인된 기억대로.

그리고 높은 확률로 어이없는 헛스윙이 됐어야 할 그 바보
짓은.

따아아악-!

하루에 두 번은 맞는 고장 난 시계처럼, 정확한 타이밍에 바깥쪽 낮은 코스에서 마중 나온 흰 공과 만났고.

[우측! 큽니다!]

황급히 물러서는 우익수의 키를 넘어 우측 담장으로 향했다.

[아, 더 이상 뻗지 못합니다! 에릭 차베스의 선두 타자 안타!]

그러나 거기까지.

애타게 손을 벌린 관중의 품 안으로 들어가기엔 공에 실린 힘이 모자랐다.

하지만 괜찮았다.

펜스를 향해 데굴데굴 굴러가는 공은 아직 잡히지 않았고, 에릭 차베스는 이미 전력으로 달리고 있었으니까.

[에릭 차베스, 2루 돌아 3루로!]

'쯧.'

완벽한 궤적이었다.

공에 맞는 순간 시간이 멈춘 듯한 착각이 들 정도로.

하지만 손에 전해진 감각은, 자신이 쳐 낸 타구가 완벽한 클린 히트가 아니었다는 것을 생생히 전해 왔다.

이유는 오직 하나.

10년이 넘게 아메리칸리그를 주름잡고 있는 마운드의 저 괴물이 가진 스터프.

그 더러운 수직 무브먼트가 에릭 차베스의 눈을 속이고 정타를 피해 낸 것이다.

'여전히 참 더러운 공이야.'

속으로 구시렁대면서도 에릭 차베스는 전력을 다해 3루로 질주했고.

"흐아압-!"

허겁지겁 펜스까지 달려간 우익수 추신서는 맨손으로 공을 움켜쥐고 곧장 어깨를 돌렸다.

전직 투수의 강력한 왼쪽 어깨에서 레이저가 뿜어졌다.

[추신서, 곧바로 3루로!]

뻐엉-!

그러나 아무리 투수 출신의 강견이라지만 이미 훔쳐 간 베이스를 도로 토해 내게 할 수는 없었으니.

"세이프!"

[에릭 차베스, 여유롭게 서서 3루에 들어갑니다! 선두 타자 3루타!]

[오늘 볼티모어의 방망이가 매섭네요. 1회에 선취점을 뽑아 낸 데 이어 2회에도 선두 타자가 득점권에 출루합니다!]

"잘했다, 차베스."

"감사합니다, 코치."

"조금만 더 뻗었으면 홈런이었는데 아쉽게 됐어. 다음엔 유타 스트리트까지 날려 버리라고."

"Yes, sir!"

자신에게 다가와 격려를 보내는 주루 코치에게 보호 장구를 건네며, 에릭 차베스는 숨을 골랐다.

'아쉽지만 어쩔 수 없지.'

에릭 차베스 또한 시원한 홈런을 날리고 싶었다.

아예 장외로 공을 날려서, 볼티모어의 명물이라는 유타 스트리트에 동판을 새기고 싶었다.

그리하여 자신이 아직 죽지 않았다는 것을 더욱더 확실하게 소리쳐 주고 싶었다.

하지만 또한 괜찮았다.

팀의 승리도 물론 중요하지만, 오늘 경기에서 에릭 차베스에게 더욱 중요한 것은 개인의 승리.

방금의 3루타로 그 개인의 승리를 향해 큰 일보를 디뎠으니까.

'사이클링히트나 노려 봐?'

씨익-!

베이스에 당당히 선 에릭 차베스가 아직 타격의 기회조차 얻지 못한 양키스의 3루수를 바라보며 웃었다.

'어디, 얼마나 잘 치나 보자고.'

1회에 이어 2회에서도 선두 타자 3루타라는 좋은 기회를 잡았던 볼티모어 오리올스.

하지만 7, 8, 9번으로 이어지는 볼티모어의 하위 타선은 그 기회를 살리지 못했다.

포수 팝플라이, 삼진, 내야 땅볼 아웃으로 허무히 끝나 버린 볼티모어의 공격.

그리고 3회 초. 기다렸다는 듯 양키스의 반격이 시작되었다.

따악-!

에릭 차베스의 트레이드를 보고 위기감을 느낀 것인지, 선두 타자로 나선 에두아르도 누네즈가 이번 경기 처음으로 천웨인의 공을 공략해 2루로 입성했고.

따악-!

후속 타자로 나선 러셀 마틴은 2루수 키를 넘기는 안타를 때려 내며 무사 1, 3루의 기회를 창출했다.

[기회 뒤에 위기, 위기 뒤에 기회. 이번엔 양키스가 절호의 득점 찬스를 잡습니다.]

[그렇습니다. 방금 전 C. C. 사바시아 선수는 팝플라이, 삼진, 내야 땅볼로 위기를 넘겼었죠. 과연 천웨인 선수는 어떤 결과를 만들어 낼지 귀추가 주목됩니다.]

[자, 천웨인! 과연 팀의 리드를 지켜 낼 수 있을지!]

이번 경기의 향방을 가를 수도 있는 중요한 순간.

에릭 차베스는 더 이상 집중할 수 없을 정도로 몰입해 있었다.

'이쪽으로, 이쪽으로!'

타구가 자신에게 오기를 바랄 정도로.

[나우 배팅, 넘버 27! 조시 도널드슨!]

운명의 여신은, 이런 순간을 너무나 사랑하는 신이었고.

따악-!

그라운드를 울리는 청아한 타구음이 귀에 닿기도 전에, 에릭 차베스가 본능적으로 날아올랐다.

[라인드라이브! 3유간을 빠져…… 오 마이 갓! 에릭 차베스-!]

라인드라이브. 한국말로 하면 직선타.

시속 100마일 이상. 레이저빔이라 불릴 정도로 빠르고 파괴적인, 평범한 수비수는 반응조차 할 수 없을 수준의 타구.

따라가던 카메라와 지켜보던 해설자조차 놀랄 만큼 광포하게 그라운드를 찢어발기던 그 타구가 에릭 차베스의 글러브 속으로 사라진 것은 그야말로 찰나였다.

'잡았나?'

잡아 낸 에릭 차베스조차 순간 긴가민가했을 정도의 찰나.

방금 전과 같이 본능적으로 날아올랐던 에릭 차베스의 몸이 땅바닥에 널브러짐과 동시에 회전했다.

그리고.

"크압-!"

0.2초 만에 글러브에서 빼낸 공이 그의 오른손을 타고 1루로 뿜어졌다.

뻐엉-!

[1루에서! 아웃입니다! 인크레더블! 에릭 차베스! 더블플레이! 이게 더블플레이가 나옵니다!]

[믿을 수가 없는 수비가 나왔습니다! 하이라이트 필름에 이름을 새겨 넣는 장면이었어요!]

전성기 골드글러브를 수상할 때조차 할 수 없었던 신의 영역에 다다른 수비.

누운 채로 1루심의 주먹질을 확인한 에릭 차베스는 웃었고.

[무사 1, 3루가 순식간에 2사 3루가 됐습니다!]

조시 도널드슨은 고개를 떨궜다.

그때부터였다.

조시 도널드슨의 양키스 데뷔전이 꼬이기 시작한 것은.

조시 도널드슨은 본디 기분파 성격이 강한 다혈질의 남성이다.

수많은 벤치 클리어링의 대상이 되기도 했으며, 때로는 심판의 볼 판정에 불만을 품고 홈플레이트를 흙으로 덮었다가 퇴장을 당하기도 했다.

문제는 미래의 조시 도널드슨에게는 그러한 기분을 표출해도 적당히 잘 받아 줄, 또는 더 나아가 공유해 줄 동료들이 있었지만.

막 양키스에 들어온 현재의 조시 도널드슨에게는 그럴 사람도, 그렇다고 다른 방법으로 표출할 만한 사회적 지위도 없었다는 점이다.

그 말인즉슨 무엇이냐.

경기 초장부터 꼬인 조시 도널드슨이 자신의 감정을 내부로만 투영했다는 소리다.

즉, 심각하게 가라앉았다는 것.

그러니 경기가 잘 풀릴 리는 만무한 일이 아니겠는가.

'색깔로 표현하면 딱 짙은 파랑이겠네.'

8회 말이 끝나고 더그아웃에 조용히 앉아 있는 그를 바라보며, 김신은 난감한 듯 볼을 긁적였다.

3회 초, 잘 맞은 타구가 병살이 되는 것을 시작으로.

5회 초에는 2사 2, 3루라는 중요한 상황에서 삼진으로 물러났고.

그것의 여파가 남았던지 5회 말, 수비에서도 실책성 플레이를 범했으며.

8회 초에도 선두 타자로 나섰다가 초구 외야 플라이로 허무하게 더그아웃으로 돌아왔다.

'에릭 차베스가 노익장을 발휘하고 있는 것도 영향이 있겠지.'

그에 반해 볼티모어로 트레이드된 에릭 차베스는 김신조차 놀랄 정도로 활약하고 있었다.

첫 타석에서부터 3루타를 쳐 내더니, 올해의 수비에 꼽힐 법한 환상적인 호수비에 더불어 지금까지 4타수 2안타의 맹타를 휘두르는 중이었던 것이다.

아무리 무던한 사람이라도 자기 자리에서 뛰던 선수를 의식하지 않을 수는 없는 일.

조시 도널드슨은 두 가지 악재로 침잠해 가고 있는 중이었다.

'애초에 일찍부터 가서 등짝 좀 후려갈겨 줘야 했는데……. 어린 게 참…….'

비록 결정은 캐시먼이 했다지만 본인이 추천한 선수기도 하고.

유일하게 조시 도널드슨의 포텐셜을 명확히 알고 있는 김신으로서는 그가 성공적인 데뷔전을 치르도록 도와주고 싶었지만.

만 19세라는 어린 나이가 발목을 잡아 여태까지 나서지 못하고 있었다.

'그래도 이제는 해야겠지.'

9회 초 양키스의 공격은 6번 타자 커티스 그랜더슨부터.

어쩌면 마지막 기회가 있을지도 몰랐다.

마지막의 마지막, 김신이 어쩔 수 없이 자리에서 일어나려 할 찰나.

"헤이, 브로!"

"왓······?"

브렛 가드너가 한발 빨랐다.

'오호······?'

데릭 지터의 뒤를 이어 양키스의 차기 캡틴으로 활약했던 좌익수 브렛 가드너.

'가드너 씨가 두 살 형이던가?'

그 또한 조시 도널드슨에 뒤지지 않는 열혈남아였다는 걸 머릿속에 떠올린 김신은 다시 자리에 주저앉았다.

"와썹, 브로! 왜 그렇게 축 처져 있어!"

9회 초.

양키스의 마지막 공격.

전광판에 박혀 있는 숫자를 바라보며, 에릭 차베스는 긴장의 끈을 조였다.

'6-4. 제발 이대로 끝났으면 좋겠는데.'

경기 초부터 단 한 번도 리드를 넘겨준 적은 없지만, 과연 그가 느꼈던 대로 2012 시즌 양키스의 기세는 뜨거웠다.

초반 그 압도적인 분위기를 서서히 밀어내며 턱밑까지 추격해 온 것.

특히 8회 초에 2점을 따라붙어 현재의 분위기는 양키스 쪽으로 넘어가 있는 상황이었다.

'물론 소기의 성과는 거뒀지만…… 그래도 이기기까지 하면 금상첨화지.'

양키스의 새로운 3루수 조시 도널드슨의 방망이가 쭉 침묵하고 있다는 건 좋은 일이나, 여기까지 와서 그 정도로 만족할 순 없는 법.

"렛츠 고─!"

에릭 차베스는 경기 시작 당시 들었던 파이팅 구호까지 외쳐 가며 승리에 대한 염원을 전파했다.

그리고 볼티모어 오리올스의 마무리투수 짐 존슨이 커티스 그랜더슨을 삼진으로 돌려세울 때만 해도 승리는 눈앞으로 다가온 듯싶었다.

하지만.

뻐엉─!

"베이스 온 볼스!"

[에두아르도 누네즈. 소중한 볼넷을 획득해 냅니다. 양키스의 마지막 촛불이 꺼지지 않았군요!]

[하하, 끝날 때까지 끝난 게 아니니까요.]

7번 타자 에두아르도 누네즈가 볼넷을 얻어 내면서부터 분위기가 다시 이상해지더니.

따악─!

[러셀 마틴의 타구가 1, 2루간을 관통합니다! 기회를 이어 나가는 양

키스!]

[아, 이거 모르겠는데요?]

결국 조시 도널드슨에게까지 타격 기회가 넘어왔다.

'이걸 대타를 안 낸다고?'

부진한 신인 타자를 끝까지 믿어 준 감독.

수많은 관중이 최고로 집중해 있는 9회.

한 방이면 역전이 가능한 점수 차.

그야말로 슈퍼스타가 태동하기에 가장 적절한 시간이 찾아온 것이었다.

'설마……? 에이, 아니야.'

현재까지 3타수 무안타 1병살 1삼진 1외야 플라이.

첫 번째 타석 이후 갈수록 안 좋아졌던 조시 도널드슨의 타격 스탠스를 떠올리며 에릭 차베스가 애써 고개를 저을 찰나.

[짐 존슨, 제1구!]

꽈아앙-!

숫제 공을 쪼개 버릴 듯한 굉음과 함께 흰색 공이 시야 너머로 혹 사라졌다.

[맙소사 조시 도널드슨-! 엄청납니다! 계속 날아갑니다-!]

맞는 순간 지켜보던 모든 사람이 홈런임을 확신할 정도로 거대한 타구.

외야 쪽으로 몸을 돌리며 망연자실하는 마무리투수 짐 존슨과 함께, 에릭 차베스의 표정이 구겨졌다.

하지만 그것은 너무나 이른 낙담이었다.

휘익-!

[왔? 배트 플립? 양키스의 루키가 배트를 집어 던졌습니다!]

[감정이 차오르는 건 이해하지만 이건 아니…….]

포수 뒤쪽 그물망까지 날아가 꽂힌 배트를 보고 이번 시즌 전패에 오늘 경기도 다 잡았다가 역전당한 볼티모어 선수들이 참을 리 만무한 일.

"Son of bitch-!"

라인을 따라 1루로 향하던 조시 도널드슨에게 볼티모어의 1루수 윌슨 베테밋이 달려들고.

"뭐야! 나가! 나가!"

"루키를 지켜!"

기쁜 마음으로 역전포를 지켜보던 양키스 선수들과 김신도 황급히 그라운드로 뛰쳐나갔다.

'하하, 역시나구먼.'

그렇기 때문에 보지 못했다.

[이것 참 재밌군요. 9회 초, 조시 도널드슨의 역전 쓰리런과 배트 플립으로 벤치 클리어링이 발발한 가운데. 그가 쏘아 보낸 공이 유타 스트리트에 떨어졌습니다!]

조시 도널드슨이 쏘아 보낸 폭탄이 볼티모어의 심장을 저격하는 것을.

[재밌네요. 이러면 볼티모어에서 동판을 제작해 줄까요?]

[아마 제작해 주긴 할 겁니다만, 절대 좋은 기분은 아니겠죠.]

오리올 파크 엣 캠든 야즈 우측 담장과 B&O 웨어하우스 사이의 거리, 유타 스트리트.

그곳에 장외 홈런이 떨어지면 떨어진 자리에 팀, 선수명, 날짜, 비거리를 적은 야구공 모양의 동판을 새겨 주는 볼티모어의 전통이자 명물이 제대로 기능할지.

지켜봐야 할 일이었다.

메이저리그의 벤치 클리어링은 서로 얼굴을 맞댄 채 형님, 아우 하며 만담만 늘어놓는 KBO의 그것과는 차원이 다르다.

실제로 주먹이 오가고, 심한 경우 발차기나 태클, 파운딩까지 행해지는 격투의 장.

팀워크를 위해서도 있지만, 나가지 않으면 부과되는 벌금까지 있어 투수 몇몇을 제외하고는 모든 선수가 참여하게 된다.

그래 놓고 폭력을 휘두르면 퇴장 및 징계가 기다리고 있다니, 아이러니라면 아이러니인 셈.

흥분한 사내들의 씩씩거림이 가득한 그라운드 위에서, 팀당 두 명의 선수가 퇴장을 당했다.

[양키스의 브렛 가드너, 조시 도널드슨. 볼티모어의 윌슨 베테밋, 닉 마카키스가 퇴장을 당합니다.]

이러한 대규모 벤치 클리어링이 벌어지는 경우, 퇴장당한 선수의 부재로 인한 것이든 순식간에 바뀌어 버리는 분위기로 인한 것이든 승패의 향방이 오리무중이 되는 경우도 많았으나.

따악—!

[브렛 가드너의 빈자리를 메운 닉 스위셔. 아쉽게도 데릭 지터가 넘겨 준 기회를 살리지 못하고 병살타로 양키스의 정규이닝 마지막 공격이 종료됩니다.]

[그래도 역전을 이루어 낸 양키스로서는 승리가 눈앞에 보이는 상황이 됐습니다. 양키스의 수호신이 몸을 풀고 있는 모습이 훤히 보이는군요.]

양키스에는 9회를 책임지는 특급 마무리가 있었다.

[역시 마리아노 리베라 선수가 올라옵니다!]

벤치 클리어링에도 일부러 불참한 양키스의 수호신, 마리아노 리베라.

빠각—!

"아웃!"

배트 브레이커라 불리는 그의 커터가.

볼티모어의 희망을 잘라 냈다.

[뉴욕 양키스! 볼티모어의 홈에서, 9회 초 조시 도널드슨의 역전 스리런으로 짜릿한 역전승을 거둡니다!]

그리고 그 시각.

"저건 그냥 요행입니다!"

경기를 지켜보던 캐시먼은 심대한 도전에 직면했다.

○

〈조시 도널드슨 역전 쓰리런! 양키스 7-6 신승!〉

〈이길 팀은 이긴다. 무서운 뒷심 발휘한 양키스!〉

〈에릭 차베스 VS 조시 도널드슨. 승자는?〉

〈신인의 배트 플립, 그리고 벤치 클리어링. 메이저리그, 이 대로 괜찮은가〉

명경기라 할 만한 짜릿한 역전극으로 끝난 뉴욕 양키스와 볼티모어 오리올스의 2차전.

그 역전극의 주인공이 트레이드의 대상 조시 도널드슨이 었던 것과 더불어 벤치 클리어링과 에릭 차베스의 활약이 겹 치며 평범한 페넌트레이스 경기가 일약 화제로 떠올랐다.

–솔직히 에릭 차베스 판정승이지. 3회 수비 보고 바지에 오줌 지렸다.

–그건 인정. 근데 결국 결승타는 조시 도널드슨이잖아? 유타 스 트리트에 떨어지는 장외 홈런이었다고. 그게 쉬운 게 아냐.

–지랄. 내내 죽 쑤다가 마지막에 똥 치운 거 가지고?

–너는 네 똥은 치울 줄 아냐?

–도널드슨이 밥값은 했지만 차베스는 밥값 이상 했다.

–홈런 쳤다고 바로 배트 플립 하는 인성에 박수 치고 갑니다.

–유타 스트리트에 동판 새길 정도면 배트 플립 할 수도 있지.

조시 도널드슨과 에릭 차베스에 대한 비교 평가가 주를 이루는 가운데, 양키스 팬 커뮤니티에 네임드 DVC80의 글이 올라왔다.

이번 삼각 트레이드에 대한 평가 – DVC80

먼저 결론부터 요약하고 들어간다. 올 시즌으로 한정하면, 이번 트레이드는 실패로 끝날 확률이 높다고 생각함.

우리는 메이저 평균급 3루수와 불펜과 선발을 동시에 소화 가능한 투수, 그리고 괜찮은 백업 외야수를 버리고 AA급 유격수 유망주 하나랑 검증 안 된 3루수, 원래 보넌 투수보다 급 떨어지는 불펜 투수 하나를 데려왔어.

심지어 내쫓은 3루수가 어제 역대급 활약을 했지. 물론 조시 도널드슨이 끝내기를 치긴 했지만 그걸 실력이라고 보기엔 어렵잖아?

늙은 선수들을 보내고 젊은 선수들을 받은 거니 미래를 보면 물론 괜찮겠지만…… 우리가 미래를 위해 현재를 포기하는 팀은 절대 아니잖아?

미래를 알지 못한다면 충분히 고개를 끄덕일 수 있는 타당한 논거.

데이비드 콘돌의 그 논거와 같은 주장을 펼치는 인사가 뉴욕 양키스 프런트에도 있었다.

"단장님의 이번 시즌 계획이 뭡니까? 말씀해 주십시오!"

"짜릿한 역전승을 거두었는데 왜 그렇게 열을 올리나?"

그의 이름은 빌리 리.

머니 볼의 전설을 쓴 오클랜드의 단장과 같은 이름을 가진 사나이로.

아이비리그로 이름 높은 하버드를 조기 졸업하고, 청운의 꿈을 품은 채 양키스 프런트에 입사한 남자였다.

"왜 계속 유망주를 영입하시는지 도통 모르겠습니다. 우리는 뉴욕 양키스 아닙니까! 에릭 차베스의 오늘 플레이를 보십시오! 조시 도널드슨보다 못했습니까?"

"하……."

계속되는 빌리의 외침에 한숨을 흘리는 캐시먼.

빌리 리라는 인물이 아무것도 아닌 그냥 신입이었다면 무시하면 그만이었겠지만.

세이버 매트릭스라는 신기술을 극도로 연마한 그는 지난 2년간 무시할 수 없는 예측력과 분석력을 보여 주었으며.

캐시먼조차 다음 대 단장으로 키워 보려고 하는 인물이었다.

한숨을 도로 삼킨 캐시먼이 천천히 입을 열었다.

"물론 오늘 에릭 차베스는 놀라운 모습을 보여 주었지. 하지만 자네가 그렇게 좋아하는 데이터가 말해 주지 않나. 에릭 차베스의 저 모습이 플루크라는 것을. 그가 가을까지 저런 모습을 보일 수 있을까?"

하지만 빌리 리는 전혀 납득한 기색이 아니었다.

"그걸 부정하는 게 아닙니다. 조시 도널드슨과 에릭 차베스의 일대일 트레이드였다면 저도 이렇게까지 하진 않았을 겁니다. 하지만 그게 아니잖습니까! 다른 선수들은요! 이번 시즌 프레디 가르시아와 앤드루 존스의 빈자리는 어떻게 하실 겁니까!"

"빈자리? 진심으로 하는 말인가?"

"물론 지금 우리 팀에 중요한 선수들은 아니죠. 하지만 다른 트레이드로 충분히 써 먹을 수 있지 않습니까."

미래를 모르기에 할 수 있는, 김신이 들었다면 코웃음 쳤을 말.

"후…… 설마 브래드 피콕이 터질 거라 생각하시는 건 아닐 테고. 도대체 조시 도널드슨과 매니 마차도가 어디까지 터질 거라고 생각하시는 겁니까?"

하지만 미래를 모르는 캐시먼 또한 놀랍게도 똑같은 코웃음을 쳤다.

'데이터로만 야구를 보니, 원.'

세이버 매트릭스는 물론 대단하다.

하지만 세이버 매트릭스대로만 162경기가 흘러가고, 월드 시리즈 트로피의 주인이 정해질까?

절대 아니다.

세이버 매트릭스만으로 판단하기엔, 야구라는 던지고 치고 달리는 놀이는 너무나 불합리했다.

세이버 매트릭스란 아무리 날고뛰어도 그저 판단을 돕는 수많은 도구 중 하나에 불과할 뿐.

'데릭이나 킴 같은 존재를 간과하는군.'

데이터에는 없는 성적을, 이해할 수 없는 성장을, 할 수 없을 것 같은 일을 해내는 불가해한 존재들이 넘쳐나는 것이 바로 야구였으니까.

그리고 그런 선수들을 판별해 내는 것이, 단장과 프런트가 해야 할 일이라고 캐시먼은 생각하고 있었다.

비록 관심을 가지고 찾아가서 확인한 계기는 김신의 추천이었으되.

지금까지 그가 트레이드를 추진한 선수들에게서는 보였다.

그라운드를 가득 덮을 듯한 찬란한 빛이.

물론 그가 잘못 봤을 수도 있다.

하지만 그중 절반만 적중해도 양키스의 이득은 이루 말할 수 없는 정도.

자신의 눈이 그 정도는 된다는 것을, 캐시먼은 아주 잘 알고 있었다.

'뭐…… 그래서 아직 내가 이 자리에 있는 거겠지만.'

지금 자신을 바라봐 오는 저 열정에, 그 뛰어난 두뇌에.

빛나는 무언가를 볼 줄 아는 눈만 더해진다면 양키스는 다음 대에도 걱정이 없으리라.

그렇게 판단한 캐시먼은.

'데이터를 잘 활용하는 건 물론 중요하지. 하지만 야구란 데이터로만 봐서는 볼 수 없는 게 아주 많은 요물이야!'

……라고 다그치는 대신.

점잖게 빌리를 타일렀다.

"이렇게까지 해서 자네가 원하는 게 뭔가?"

그 한풀 꺾인 어조에 드디어 캐시먼의 완고한 태도가 누그러졌다 판단한 빌리는 재빨리 입을 열었다.

"단장님이 조시 도널드슨과 매니 마차도를 그토록 높게 평가하는 이유를 알고 싶습니다. 그리고 단장님의 이번 시즌 진짜 목표가 무엇인지도요."

그 대답에 캐시먼의 뇌리에 아주 좋은 생각이 스쳤다.

"그래?"

"예."

"그럼 나가게."

"……?"

갑자기 떨어진 축객령에 당황하는 빌리.

캐시먼은 천천히 남은 말을 뱉었다.

"올스타 브레이크 이 주 전까지, 자네는 앞으로 모든 양키스 홈경기를 내가 지정하는 좌석에서 관전하도록 해."

"경기라면 지금도 항상 보고 있는……."

빌리는 이해할 수 없다는 듯 항변하려 했으나.

캐시먼은 그 말이 맺어지도록 용납하지 않았다.

"화면이 아닌 필드에서. 이건 명령일세. 우리의 대화는 그 다음에 다시 하도록 하지."

"……알겠습니다."

납득할 수 없다는 표정을 하면서도 일단은 물러나는 빌리.

그가 문을 닫고 나간 뒤. 캐시먼은 의자를 돌려 뒤편에 위치한 전면 유리를 응시했다.

그 아래 펼쳐진 양키 스타디움의 고요한 그라운드를.

'누가 될지는 모르겠지만…… 저 친구에게 가르쳐 주길.'

그리고 그 그라운드를 달리는, 양키스에 존재하는 아웃라이어들의 얼굴이 캐시먼의 뇌리를 스칠 찰나.

우우우웅-!

그의 전화기가 울었다.

발신인은 김신의 에이전트이자, 매니 마차도의 에이전트.

[헤빈 디그라이언]

액정에 뜬 그 이름을 바라보며 고개를 저은 캐시먼은.

"이 작자도 참 모르겠단 말이야. 킴의 덕일 뿐인 건가, 능력이 있는 건가."

잠시간의 혼잣말을 내뱉고는 이내 통화 버튼을 눌렀다.

"큼큼. 예, 미스터 디그라이언. 말씀하십시오."

-매니 마차도 선수가 2루수 컨버전에 합의했습니다.

"오, 다행이군요!"

양키 스타디움의 단장 집무실이 오래도록 그라운드를 밝혔다.

전향(Conversion).

선수 혹은 구단이 강력한 필요성을 느낄 때, 해당 선수의 포지션을 변경하는 일.

사실 말만 들으면 상당히 어려워 보이지만, 실제로 컨버전은 심심치 않게 일어난다.

첫 번째는 나이에 의한 경우.

절대 다수의 포수들이 프로 경력의 끝에서 1루수나 지명타자로 전향하는 건 색다를 것도 없는 일이다.

말년의 버스터 포지가 그러했고, 게리 산체스가 그러했듯이 더 이상 그들의 무릎이 홈플레이트를 허락하지 않으니까.

두 번째는 부상에 의한 경우.

본래 촉망받는 투수였지만, 팔꿈치나 어깨 부상으로 더 이상 경쟁력 있는 투구가 불가능할 때.

구단과 선수는 마지막으로 타자로의 전향을 선택하게 된다.

이송엽, 이대후, 추신서, 나승범 등이 바로 이 경우에 해당된다.

마지막 세 번째, 경쟁에서 밀려 전향하는 경우.

이적한 팀, 같은 포지션에 확고한 프랜차이즈 스타가 존재하거나.

현재 상태로는 빅리그 콜업 혹은 야구 선수로서의 성공이 불가능하다고 판단될 때.

혹은 다른 포지션에서 뛰는 것이 훨씬 더 발전 가능성이 있다고 판단할 때.

선수나 구단은 컨버전을 시도하게 된다.

유격수에서 3루수로 전향했던 알렉스 로드리게스, 매니 마차도나.

포수에서 3루수로 전향했던 조시 도널드슨처럼.

이와 같이 경우는 다르지만 모든 컨버전에는 한 가지 공통점이 있다.

집념이라 할 만한 뼈를 깎을 정도의 의지가 없는 한, 다시는 돌아갈 수 없는 선택이라는 것.

알렉스 로드리게스는 결국 데릭 지터에게서 유격수 글러브를 뺏어 오지 못했고.

미래의 매니 마차도는 끊임없이 유격수로 돌아가고자 했

으나 결국 실패 끝에 3루에 서야만 했으니까.

그렇기에 컨버전이란 흔하지만, 쉽지 않은 선택이다.

그리고 그렇기 때문에 어떤 선수에게라도 컨버전이란 말은 꺼내는 것조차 어려운 일이다.

하지만 김신에게는 그다지 어렵지 않았다.

말을 꺼내는 것뿐 아니라, 컨버전을 시키는 것조차.

"그렇습니까?"

―예. 컨버전한다고 하더군요.

"다행이군요."

―이번에도 그 '영업 비밀'입니까?

"음…… 그냥 매니 마차도 선수 입장에서 좀 생각해 봤던 것뿐입니다. 처음부터 양키스로 불러오려던 것도, 2루수로 컨버전시키려는 것도 아니었습니다."

―예, 그러시겠죠.

"진짭니다."

―예, 예. 그럼 저는 이만 우리 김신 고객님의 다음 일정을 준비하러 가 보겠습니다. 경기 승리 축하드립니다. 쉬십시오.

"거참…… 네, 고생하세요."

볼티모어와의 2차전이 끝난 뒤.

내일 있을 또 다른 원정 경기를 위해 토론토로 날아온 김신은 헤빈 디그라이언으로부터 들은 매니 마차도의 2루수 컨버전 소식을 곱씹었다.

"의도한 건 아닌데 말이야."

최초 헤빈에게 쪽지를 주었을 당시, 정말로 그 선수들과 같이 뛰고 싶다는 의미는 아니었다.

그저 전생과 현생을 통틀어 많은 도움을 받았던 헤빈에게 보답하고자 하는 의미에 더해.

혹시나 하는 약간의 보험을 들었던 것일 뿐.

어차피 머지않은 미래 날아오를 선수에게 침 좀 발라 놓고.

그대로 둬도 컨버전할 선수의 심경에 씨앗 정도 심어 달라고 했던 게 전부다.

미래 매니 마차도라는 선수가 겪을 실패를 조금이라도 지워 주고자 했기에 했던 선택.

그런데 그 모든 선택이 양키스의 이득으로 돌아올 줄은 김신조차 몰랐다.

"마음을 곱게 써서 상을 받은 건가."

잠시간 뇌리를 채우는 가벼운 헛소리에 피식 웃은 김신은 턱을 쓰다듬었다.

매니 마차도가 2루수로 전향한 것은 전향한 것이고, 2루수로 성공하는 것은 완전히 다른 이야기다.

야구란 인생과 같은 것.

원래대로 3루수로 전향했다고 해도 '확실히' 성공할지 장담할 수 없는데 2루수로서의 성공을 어찌 보장할 수 있겠나.

하지만.

"아마도 잘하겠지, 그 사람이라면."

김신은 알고 있었다.

매니 마차도라는 선수가 어떤 선수인지를.

그가 나이도, 부상도 아닌데도 컨버전을 할 만큼 개인의 성공과 야구에 대한 열정이 넘친다는 것을.

그리고 믿고 있었다.

뛰어난 신체 능력과 수비 센스, 열정을 바탕으로 2루수로도 충분히 성공할 수 있다는 것을.

그런데도 김신이 고뇌에 찬 이유는 따로 있었다.

"요즘 일이 너무 잘 풀리는데……."

스스로의 성적이야 차치하고라도.

바이오 제네시스 스캔들로 훨씬 빨리 콜업된 데 이어 데릭 지터의 조언까지 받아 착실히 성장해 가고 있는 게리 산체스.

제이콥 디그롬, 프란시스코 린도어, 조시 도널드슨, 매니 마차도 등 그가 이야기만 하면 영입해 오는 캐시먼.

프레디 가르시아와 무슨 일이 있었던 건지 기대할 만한 눈빛을 내보이는 필 휴즈.

게리 산체스는 맞춤형 산체스 구제 계획에 데릭 지터라는 오지라퍼가 끼어들었을 뿐이고.

필 휴즈의 경우는 트레이드로 인한 나비효과라고 그냥 생각하고 넘어갈 수도 있지만.

캐시먼의 경우는 납득이 어려웠다.

바이오 제네시스 건을 예측한 능력을 높이 사서?

김신의 성적이 압도적이기 때문에?

아직까지 김신의 추천이 실패하지 않아서?

애초에 검토하고 있던 선수였기도 해서?

아무리 머리를 굴려도 '이거다!' 하는 답이 나오지 않았다.

그 어떤 경우든 너무 빠르고 전폭적이었다.

지난 생, 김신의 데뷔 즈음 캐시먼은 이미 은퇴한 후였고.

김신 또한 겪어 보지 못한 사람의 성향을 알아 낼 순 없었기에 생긴 사소한 고민.

'빌리, 그 녀석이라면 절대 이렇게 안 했을 텐데.'

지금은 아직 열심히 경력을 쌓고 있을, 미래 양키스의 깐깐쟁이 단장을 떠올리며 고개를 저었던 김신은 이내 침대에 드러누우며 고민을 털어 냈다.

"모르겠다. 좋은 게 좋은 거지."

하지만 좋은 게 좋은 거라며 애써 넘기면서도.

야구가 인생과 흡사하다는 것을 뼈저리게 알고 있기에.

"하…… 근데 이러면 꼭 뭐가 터지는데……. 불안하다, 불안해."

김신이 못내 불안함을 지우지 못하고 잠든 다음 날.

"큰일 났습니다, 감독님! 지금…….."

"뭐? 누가 어째?"

그 예감이 아주 정확히 들어맞았다.

2012년 5월 16일.

토론토 블루제이스와 뉴욕 양키스의 2연전이 펼쳐지는 토론토 블루제이스의 홈구장, 로저스 센터.

내일 선발이 예정돼 있지만, 김신은 누구보다 빨리 로저스 센터에 발을 들였다.

"아무도 없나?"

사실 오늘의 김신은 더그아웃에서 자리를 지키지 않아도 되는 존재다.

월드시리즈에서 3패를 기록한 엘리미네이션 상황이 아니라면, 아니, 혹여 그런 상황일지라도 다음 날의 선발 투수를 당겨 와 쓰는 경우는 거의 없다고 해도 과언이 아니니까.

거기에 오늘 경기는 평범한 페넌트레이스.

즉, 김신과 오늘 경기와는 하등의 상관도 없다는 뜻이다.

그럼에도 김신이 이른 시간부터 라커룸에 발을 들인 이유는.

'별일 없겠지.'

어젯밤 그의 잠자리를 괴롭혔던 본능적인 불안감 때문이었다.

물론 불안감 때문에 잠을 이루지 못했다거나 했기 때문은 아니다.

근거 없는 미약한 불안감을 감당하지 못해서야, 그의 경력이 울고 그의 성적이 울지 않겠는가.

그저 정말 사소한 수준의 걱정.

루틴을 해치지 않는 선에서 조금 빨리 구장으로 향할 정도의 걱정.

그것뿐이었다.

"흐음……."

김신이 텅 빈 라커룸을 바라보며 침음을 흘리고 있을 때, 그보다 더한 불안감을 등에 지고 있을 한 남자가 문을 열고 들어왔다.

"뭐야. 왜 이렇게 일찍 왔어?"

그의 이름은 게리 산체스.

오늘 처음으로 주전 명단에 이름을 올린 19살의 애송이였다.

자신감 넘치는 척하지만 그 안에 숨길 수 없는 긴장과 불안을 내포하고 있는 게리 산체스의 얼굴을 보는 순간.

그 평범하디평범한 모습에 김신의 불안감이 조금은 옅어졌다.

"그냥."

"싱겁기는. 내일 선발 아냐?"

애써 평소처럼 대화하려는 산체스.

그런 산체스에게 김신은 촌철살인을 날렸다.

"그러는 너는 오늘 선발이잖냐. 나랑 대화할 정신은 있냐?"

그 말에 팀 내에서 유일하게 말을 터놓는 사람을 만난 덕인지 조금은 누그러졌던 불안이 다시 산체스의 얼굴을 잠식했다.

하지만 그럼에도 이내 더욱더 콧대를 세우는 게리 산체스라는 새싹 관심 종자.

"그럼 내가 무슨 흔한 루키처럼 긴장해서 벌벌 떨 줄 알았어?"

그 귀여운 모습에, 김신의 입가에 오늘 처음으로 미소가 번졌다.

"어이구, 그러셨어요? 옷은 거꾸로 입으시고요?"

"뭣?"

황급히 자신의 몸을 확인하고는 인상을 구기며 김신을 바라보는 산체스.

김신의 입에서 마침내 육성으로 웃음이 터졌다.

"푸핫. 장난이야, 장난. 긴장 좀 풀어."

"나 긴장 안 했다니까?"

"니예, 니예. 알겠쭙니다."

"진짜 아니라니까!"

"알았으니까 훈련 준비나 해."

"쳇."

그렇게 별거 아닌 잡담을 나누면서, 중간중간 들어오는 선수들의 평소와 같은 모습들을 보면서.

김신의 불안감은 점점 사라져 갔다.

'그래 아무리 야구사 새옹지마라도 건수가 없잖아, 건수가.'

물론 정말로 별일이 있다고 해도, 김신이 뭔가 할 수 있을 확률은 극히 희박하다.

하지만 있잖은가.

모두가 두려움에 집 안에서 몸을 벌벌 떨 때, 앞으로 한 걸음 나서 사태를 확인하고 대책을 세우는 사람이.

그럼으로써 결국 극적으로 상황을 해결해 내는 영웅이.

김신은 바로 그런 사람이었다.

'거의 다 온 것 같네. 경기 전에는 별일 없는 거 같고……
게리한테 경기 중에 조심 좀 하라고 하는 정도로 끝내자.'

그러나 김신이 마침내 모든 불안을 털어 내려는 순간.

덜컹-!

문을 열고 들어온 캡틴의 굳어 있는 얼굴이 그의 해우(解憂)를 방해했다.

그리고 김신이 데릭 지터에게 다가가 안부 인사를 건네려는 찰나 들어온 조 지라디 감독은.

"오늘은 제군들에게 아주 안 좋은 소식부터 하나 전달해야겠다."

김신의 불안감을 증폭시키다 못해…….

"오늘 선발 예정이었던 구로다 히로키가 오늘 아침 교통사고를 당했다."

터뜨려 버렸다.

'이런 미친…….'

◎

나비효과(Butterfly Effect).

베이징에 있는 나비의 날갯짓이 미국에 토네이도를 불러일으킬 수도 있다는 말로 대표되는, 작은 차이가 경이로운 결과를 부를 수도 있다는 것을 일컫는 말.

또는 그렇기 때문에 미래를 예측하는 것이 지난함을 이르는 말이기도 하다.

그런 나비효과는 유명하다.

얼마나 유명하냐면 단어부터가 시사상식 수준이라 모르는

일반인을 찾기 어려운 정도이며.

동명의 영화도 빅히트를 쳤고, 공룡이 사람을 씹어 먹는 영화에서는 몇 분 이상 신을 할애하기도 할 정도.

또한 한국에서는 미래 걸출한 가수에 의해 라임으로 패러디되기까지 한다.

그리고 이 순간, 김신은 그것을 뼈저리게 체감하고 있었다.

'교통사고라고? 구로다 히로키가?'

구로다 히로키.

모든 선수가 원하는 다년 계약을 마다하고 끊임없이 스스로를 시험하기 위한 단년 계약을 택하는 남자.

라커룸에서조차 고요히 참선하는 그 구도자 같은 남자의 인생이, 바로 오늘 격변한 것이다.

"어떻답니까?"

"정확한 부상 정도는 나도 모른다. 신의 도움으로 경미한 사고였고, 일단 외견상으론 큰 문제가 없어 보였다고 들었지만…… 정밀 검사를 해 봐야 알겠지. 지금은 인근 병원으로 급히 후송된 상태다."

김신이 돌아온 정사(正史)에서, 수많은 동료가 부상으로 쓰러지는 와중에도 구로다 히로키는 2012년 사소한 부상조차 당한 적이 없었다.

그리고 김신 또한 딱히 문제 될 것 없는 그에게 긁어 부스럼을 만들지 않기 위해 접촉을 최소화하고 있었는데, 이런 일이 발생한 것.

그의 부상에 의해 양키스에 크고 작은 여러 가지 문제가 발생할 것은, 두말하자면 입 아픈 필연이다.

'젠장……'

첫 번째는 당장 오늘 경기 선발이 바뀐다는 거다.

정밀 검사를 해 봐야 안다는 건, 이후 언제 다시 출전할 수 있을지 가늠하기 위한 소리고.

어느 정도의 부상이건 간에, 심지어 아무 이상이 없어도 일단 오늘 선발은 물 건너갔다.

"자세한 건 차차 전달해 줄 테니, 일단은 오늘 경기에 집중하도록. 병원에서 지켜볼 히로키에게 부끄럽지 않은 경기를 해야 하지 않겠나? 대체 선발은…… 이반 노바가 출전한다."

"옙!"

이미 얘기가 돼 있었던 듯 결연한 표정으로 고개를 끄덕이는 이반 노바.

하지만 김신의 시선이 닿은 것은 선발 출전의 긴장감에 더불어 갑작스럽게 터진 사건 탓인지, 어리바리하게도 자신의 처지를 아직 눈치 못 채고 있는 게리 산체스였다.

"그리고 선발 명단은……."

게리 산체스가 선발 출장할 수 있었던 건, 본인이 훈련에 성실히 임하고 대타 홈런을 때려 낸 것도 있지만 구로다 히로키라는 베테랑 투수의 로테이션이라는 것도 결코 간과할 수 없다.

그런데 베테랑 구로다 히로키에서 이제 풀타임 2년 차인 이반 노바가 대체 선발로 나온다?

그 이반 노바조차 갑작스럽게 선발 자리에 올라가는 상황이라 제대로 된 컨디션이 아닐 텐데?

"나머지는 그대로 가지만, 산체스 대신 마틴이 출전한다."

"옙!"

"……옙."

러셀 마틴의 대답 소리와 함께 그제야 상황 파악이 됐는지 게리 산체스의 표정이 굳었다.

'쯧.'

하지만 아직도 문제는 끝나지 않았다.

아니, 오히려 더 큰 문제가 남아 있다.

그건 바로 구로다 히로키 본인이다.

원래 2012시즌의 구로다 히로키는 양키스 투수 중 최고(最高)의 WAR을 기록하며 실질적인 1선발로 양키스를 이끌 예정이었던 투수다.

비록 양키스가 김신이라는 크랙 플레이어의 합류와 여러 트레이드로 더욱 강해지긴 했지만.

그럼에도 1선발급 투수의 이탈은 치명적이다.

'제발 큰 부상이 아니었으면 좋겠는데…….'

각자의 생각으로 어수선한 분위기 속에서 시간이 점점 다가왔다.

그라운드에서 맞부딪쳐야 할 시간이.

구로다 히로키의 사고 소식이 채 대중에게 퍼지지도 못한 그날 저녁.

이제 슬슬 여름을 향해 달려가고 있다는 것을 증명하는 듯, 한낮의 열기가 가시지 않은 로저스 센터에 토론토 블루 제이스의 상징인 캐나다 국가가 울려 퍼졌다.

그리고 그 국가를 먼 이방에서 듣고 있던 팬들의 채팅이 올라왔다.

　　–뭐야. 오늘 선발 구로다 아니었음? 웬 이반 노바?

　　–갑자기 바뀜. 무슨 일 있는 듯. 갑작스러운 통증 뭐 그런 거겠지.

경기 시작 전, 확정된 양키스의 로스터를 봤다면 누구나 떠올릴 만한 의문.

하지만 아직 팬들은 구로다 히로키 대신 이반 노바가 올라 왔다는 것을 대수롭지 않게 생각했다.

　　–어쩌면 선발 로테이션 조정하려고 하는 걸지도?

-뭐? 그게 무슨 소리야?

-그렇잖아. 요즘 클라쓰만 보면 김신이 3선발이라는 게 이상하지 않음? 이반 노바로 땜빵 넣고 선발 조정해도 무리는 아니지.

-일리 있네. 솔직히 오피셜만 안 떴다 뿐이지, 김신이 구로다나 사바시아보다 훨 낫지.

-키야~! 주모! 우리 애가 코쟁이 나라에서 1등이라오!

오히려 자국의 선수가 드높은 메이저리그의 1선발이 될 것 같다는 희망에 불탔다.

그러나 그 시각.

그 애국심 고취의 단초를 제공한 남자는······.

"왜 그래?"

"아냐, 누가 내 얘기를 하나 봐. 후."

메이저리그 최고의 특등석에 앉아 귀를 후비고 있었다.

"한국 속담이야?"

"한국이 어디 있는지도 모르는 놈이 한국 속담은 무슨······."

"뭐? 알거든?"

"어디 있는데."

"일본이랑 중국 사이에!"

"오올!"

"자식이 말이야, 내가 이래 봬도······."

이제는 익숙해진 산체스와의 투닥거림.

원래였다면 상상도 못했을 그 시간에 김신은 피식 웃고 말았다.

'이것도 나름대로 괜찮네.'

40이 다 돼 가는 나이에 만나 두터운 우정을 쌓긴 했지만.

볼꼴 못 볼꼴 다 본 학창 시절의 친구와.

사회에 나와서 만난 친구는 다른 법.

눈앞에서 오버랩되는 같은 남자의 얼굴을 떠올리며, 김신은 얼마 전 같은 위치에서 같은 대상에게 했던 말을 다시 한 번 입에 담았다.

"아쉽지?"

"응?"

게리 산체스의 첫 반응은 예전 처음으로 메이저 그라운드를 밟았던 때와 같았으나.

"응. 아쉽다."

이어 그 입에서 나온 말은 처음과는 달랐다.

처음이라는 것 앞에서 그 누가 긴장하지 않을쏘냐.

그러나 긴장이라는 말을 조금만 뒤집으면, 그 밑에는 설렘이라는 감정이 숨어 있는 법.

긴장과 함께 물거품처럼 사라져 버린 설렘에, 게리 산체스가 씁쓸한 표정을 지었다.

하지만 그것도 잠시.

"그래도 곧 출전하지 않겠어?"

그 긴장과 설렘을 품에 안고, 자신만의 길을 걸어갈 남자는.

아쉬움을 털어 내고 작게 웃는 것이었다.

그 모습을 확인한 김신의 입가에도, 같은 웃음이 달렸다.

'자식, 잘 크고 있구먼.'

비어져 나온 훈훈한 김신의 미소가 어색한 듯 금세 고개를 그라운드 쪽으로 돌리는 게리 산체스.

그곳에 펼쳐진 건, 손발이 굽혀질락 말락 하는 두 사람의 분위기와는 달리.

따악-!

[실투인가요? 한가운데로 몰렸어요!]

뻐엉-!

[베이스 온 볼스! 아, 이반 노바. 이러면 안 되죠. 1회부터 흔들립니다!]

[대체 선발이라는 게 이래서 참 어렵죠.]

비 오듯 땀을 흘리며, 고군분투하는 누군가의 투쟁이었다.

"오늘…… 쉽지 않겠네."

"그러게."

메이저 최연소 배터리의 탄식과 함께.

〈뉴욕 양키스, 1-4 패배! 연승이 막을 내리다〉

7경기 만에, 양키스가 패배라는 성적표를 받아 들었다.

그리고 다음 날.

"나 오늘 커브 던질 수 있는 거냐?"

"1회부터 9회까지 싹 다 커브로 던져도 돼."

전설이 될 콤비가 그라운드로 걸어 나왔다.

○

퀄리티 스타트.

해당 경기의 시작을 맡은 선발 투수가 6이닝 동안 3실점 이내로 적 타선을 막아 낸 경우, 해당 선발 투수가 퀄리티 스타트를 이뤘다고들 일컫는다.

이렇게 따로 용어까지 있을 정도로 6이닝 3실점은 사실 쉬운 일이 아니다.

그리고 토론토 블루제이스를 상대로 이반 노바는 충분히 잘 던졌다.

1회부터 흔들렸음에도 불구하고 금세 재정비하여 퀄리티 스타트를 달성해 냈으니까.

비록 마지막 7회 말, 1아웃을 잡아 놓고 주자를 쌓은 탓에 승계 주자 실점으로 4자책을 범하긴 했지만.

루틴이 무너진 상태에서 출전한 대체 선발로서는 충분히 제 역할을 해 줬다고 할 만했다.

하지만.

─카일 드라벡 저 자식 잘 던지네.

─핏줄 어디 가겠어? 아버지가 덕 드라벡이잖아.

사이 영 수상자 출신의 아버지라는 혈통.

고교 시절 클레이튼 커쇼 이상이라고 평가받던 재능.

금발 벽안의 수려한 외모.

그야말로 스타의 모든 조건을 갖고 있는 유망주, 카일 드라벡이 터져 버렸다.

─로이 할러데이를 주고 데려왔으니 저 정도는 해야지.

토론토 블루제이스가 팀의 희망이었던 로이 할러데이를 내보내면서까지 받아 온 새로운 팀의 기둥.

그러나 2010년 사이 영을 수상하며 계속해서 자신의 가치를 증명하는 로이 할러데이와는 달리.

카일 드라벡은 기대만 받다 무너지는 평범한 유망주의 운명을 가지고 있었다.

하지만 그것은 아직 펼쳐지지 않은 미래.

아직은 팬들의 거대한 기대가 그에게 쏟아지던 2012년, 카일 드라벡은 8이닝 1실점이라는 압도적인 투구로 양키스 타선을 잠재우고 토론토 블루제이스에 승리를 가져다주었다.

그러나 양키스 팬들은 낙담하지 않았다.

−오늘은 우리가 이기겠네.

−그럼. 오늘은 이기지.

최고의 혈통? 최고의 재능? 수려한 외모?

그게 다 어쨌단 말인가.

−오늘 우리 선발 투수는 패배를 모르는 남자잖아.

2012시즌.

총 7경기에 출전하여 모조리 승리를 기록한.

7승 0패, 무려 아메리칸리그 동부 지구에서 0점대 평균 자책점을 기록하고 있는 미친 유망주.

아니, 이제는 유망주라고는 부를 수 없는 리그 최고의 투수가 마운드에 오르는 날이니까.

−요즘 김신 보는 맛에 산다!

−크, 저 친구를 보면 생각이 안 나. 질 생각이.

−지터가 은퇴하기 전에 미래를 넘겨줄 만한 친구가 나왔어.

그리고 그 선수를 주목하는 것은 흐뭇한 미소를 짓고 있는 양키스의 팬들뿐만이 아니었다.

[안녕하십니까, 시청자 여러분. 여기는 토론토 블루제이스와 뉴욕 양

키스의 2차전 경기가 펼쳐지고 있는 로저스 센터입니다! 1회 말, 홈팀 토론토의 공격으로 시작되겠습니다.]

[오늘 양키스의 선발 투수는 예정된 대로 김신 선수가 나왔습니다. 과연 김신 선수가 연승 행진을 이어 나갈 수 있을지, 양키스가 어제의 패배를 설욕할 수 있을지 귀추가 주목됩니다.]

[그렇습니다. 김신 선수, 정말 압도적인 시즌 초반을 보내고 있어요. 오늘도 어떤 환상적인 모습을 보여 줄지 기대가 됩니다.]

팬들뿐 아니라 해설 위원들의 시선까지 한 몸에 받는 상황.

부담이 될 만도 하건만, 스스로에 대한 절대적인 확신으로 오히려 그것을 즐기는 남자는.

마운드에 올라, 공을 손 안에서 굴리며 여느 때와 같은 루틴을 이어 갔다.

"후우……."

10인치라는 그라운드의 정상에 오르면 많은 것들이 보인다.

경기를 준비하는 선수들의 다양한 표정, 팬들의 기대감 어린 표정, 양 팀 더그아웃에 흐르는 긴장된 분위기.

그렇게 평소대로 그라운드를 훑는 김신의 시야에, 특이하다고 할 만한 것이 잡혔다.

'표정들이 좋은데?'

바로 어제 경기에서 패배했던 선수들이라고는 믿을 수 없는.

방금 전 1회 초에 아쉬운 무득점을 기록했다고는 믿을 수 없는 팀 동료들의 얼굴.

그것은 김신이 익히 아는 얼굴이었지만, 이번 생에는 아직 보지 못한 종류의 것이었다.

'오늘은 우리가 이긴다.'

바로 승리에 대한 확신.

다른 말로 하면.

에이스에 대한 믿음.

'벌써 이 정도인가.'

확연히 느껴지는 신뢰.

그것을 담은 눈빛이 뜨겁게 박히는 등판을 느끼며, 김신은 특유의 미소를 지었다.

사냥을 시작하기 직전, 사냥감에게 보내는 사냥꾼의 미소를.

그리고 구로다 히로키의 사고 등 산적해 있는 기타 문제들을 머릿속에서 지운 채.

화살을 쏘았다.

뻐엉-!

과거에도, 지금도.

자신의 사냥을 보조하는 조수를 향해.

"오케이! 좋아!"

투수와 포수를 한데 묶어 지칭하는 야구 용어, 배터리.

그 배터리의 유래에는 여러 가지 '썰'이 있다.

한 만화에서 나왔던 것처럼, 플러스 사고를 하는 투수와 마이너스 사고를 하는 포수의 관계가 마치 전지와 같이 붙여졌다는 설.

'Batter'라는 단어 자체가 '두들기다'는 뜻에서 나왔기 때문에, 상대 타자들의 두들김을 맞는 두 선수를 가리키는 것에서 시작됐다는 썰.

마치 사수와 부사수가 하나의 포를 담당하는 포병처럼, 떼려야 뗄 수 없는 투수와 포수의 관계에 포병 중대를 뜻하는 배터리라는 단어를 붙였다는 썰.

그 유래가 무엇이든, 투수와 포수가 운명 공동체라는 건 명확한 사실이다.

그리고 뉴욕 양키스와 토론토 블루제이스의 2차전.

1회 말, 메이저리그 최연소 배터리가 그라운드에서 전보를 주고받았다.

뻐엉—!

[이 선수에 대해서도 짚고 넘어가지 않을 수가 없군요. 게리 산체스, 이번 경기 처음으로 선발 출장한 양키스의 유망주입니다!]

[데뷔전에서 대타 홈런을 때려 냈던 선수죠. 김신 선수와 같은 19세의

어린 선수입니다.]

　김신과 게리 산체스의 나이를 합쳐도 고작 만 39세.

　어쩌면 베테랑 선수 하나의 나이보다도 적은 메이저리그 최연소 배터리.

　메이저리그의 전설이 되어 갈 그 배터리를 처음으로 확인할 선수가 타석에 들어섰다.

　[나우 배팅, 넘버 2! 켈리~ 존슨!]

　등번호만큼은 양키스의 전설적인 선수와 같은 남자, 켈리 존슨.

　머지않은 미래, 전형적인 저니맨이 될 그 남자는 홈플레이트에 앉아 있는 게리 산체스를 쏘아보았다.

　'솜털도 안 가신 애송이구먼. 운 좋게 대타 홈런을 쳤다고?'

　어린 나이지만, 마운드에 선 김신은 이미 자신의 실력을 유감없이 증명하고 있는 현시점 메이저 최고의 투수.

　자신의 타격 스킬로 그를 극복하기 어렵다고 판단한 켈리 존슨은 다른 전략을 세웠다.

　"헤이, 루키. 오늘 식사는 잘했나?"

　"……."

　"잘 먹었다고? 오, 이런! 첫 출전에 포수가 뭘 먹고 들어오면 어떡해! 빈속으로 왔어야지."

　"……."

　"네 자세를 봐. 그러고 있다가 괄약근에 힘 풀리면 아주 대참사라고."

"……."

"아닌가? 똥을 싸는 대신 공을 흘리려나?"

그 전략은 바로 트래시 토크.

아무리 투수가 공을 잘 던지더라도 그 공을 받아야 할 포수가 휘청휘청 흔들리면 투수 또한 같이 흔들리게 마련.

물론 몇몇 베테랑급 투수들은 흔들리는 포수를 다독여 가며 자신의 공을 던지지만.

'아무리 잘 던져도 고작 1년 차. 포수를 다독일 수 있을 리가 없지.'

김신 또한 1년 차 루키.

켈리 존슨은 그 가능성을 배제했다.

'잔뜩 얼어붙어 있구면. 조금만 더 할까?'

그리고 긴장으로 얼어붙어 대답조차 하지 못하는 듯 보이는 게리 산체스를 향해 계속해서 쓰레기를 뱉었다.

"선배가 말을 거는데 대답도 안 해? 헤이!"

"미스터 존슨! 거기까지!"

"아, 예. 스캇 씨, 루키를 보니 옛날 생각이 나서요."

심판인 데일 스캇의 제지를 받았음에도, 켈리 존슨은 타격 자세를 잡은 채 마지막까지 트래시 토크를 이어 갔다.

"포심. 포심인 거 다 아니까 용쓰지 마."

그리고 실투를 기대하고 있던 켈리 존슨의 눈에, 존 중앙으로 파고드는 포심 패스트볼이 보였다.

'역시!'

켈리 존슨은 자신의 책략을 자화자찬하며 있는 힘껏 방망이를 휘둘렀지만.

따악-!

[빗맞은 타구! 3루수 조시 도널드슨, 여유롭게 1루에! 아웃! 허무하게 초구 범타로 물러나는 켈리 존슨!]

[슬라이더에 완전히 속아 넘어갔죠? 성급했어요.]

그의 방망이를 희롱하듯이 바깥쪽으로 빠져나가는 악마적인 슬라이더 앞에, 리드오프로서의 책무는 하나도 수행하지 못한 채 더그아웃으로 돌아가야 했다.

'쳇, 어쩔 수 없지. 1회니까, 뭐.'

1회 첫 타자인 만큼 마인드컨트롤이 조금은 됐으리라 여기며, 그러나 다음 타석에서는 기필코 게리 산체스의 멘탈을 부숴 놓으리라 다짐하며 더그아웃으로 향하는 켈리 존슨.

하지만 켈리 존슨의 등을 바라보는, 헬멧 아래 숨겨져 있던 게리 산체스의 눈동자는 한심함으로 물들어 있었다.

'고작 그런 어린아이도 안 쫄 만한 트래시 토크라니, 쯧쯧.'

켈리 존슨의 의미 없는 말들에, 게리 산체스는 하나도 흔들리지 않았으니까.

김신과 데릭 지터의 도움 때문에?

아니.

'빨리 수비 끝나고 타석에나 섰으면 좋겠네.'

애초에 게리 산체스라는 선수가 그런 사람이었으니까.

원역사에서 포일에 대한 트라우마와 큰 경기에 대한 부담감으로 주눅 들어 있던 관심 종자가 눈을 떴다.

[나우 배팅, 넘버 5! 유넬 에스코배]

오히려 지난 경기 예정됐던 선발 출장이 취소되면서.

심지어 그 경기가 패배로 끝나면서 더욱더 크게 펼쳐진 판.

'이번에는 커브로 가자고.'

게리 산체스의 손가락이 가랑이 사이에서 흥겹게 춤을 췄다.

뻐엉-!

인간이라는 동물은 실전에서 연습의 80%도 채 발휘하지 못하는 경우가 대부분이다.

이유는 나열할 수 없을 만큼 많다.

너무나 완벽을 추구하다 보니 자신에 대한 확신이 부족해서, 너무 큰 목표를 잡아서, 실패에 대한 두려움 때문에…….

하지만 간혹, 실전에서 자신의 기량을 120% 발휘할 수 있는 돌연변이들이 있다.

뻐엉-!

"스트라이크아웃!"

그리고 조 지라디 감독은 그 돌연변이들이 높은 확률로 슈퍼스타가 된다는 것을 아주 잘 알고 있었다.

그러나 그럼에도 불구하고.

김신과 게리 산체스가 1회를 삭제해 가고 있는 모습을 바라보는 조 지라디 감독의 표정은 결코 밝지 않았으니.

"끄응……!"

아직 1회라서 시기상조라는 이유도 물론 있었지만.

다른 훨씬 더 큰 이유가 있었다.

'정강이 골절이라니…….'

바로 구로다 히로키의 부상 정도.

아직 팀과 언론에는 공표하지 않았지만, 구로다 히로키의 부상 정도는 생각보다 훨씬 심각했다.

정강이 골절. 최소 10주에서 14주는 경기에 출전하지 못할 정도의 장기 부상.

그 말인즉슨, 전반기 양키스의 선발 로테이션에 크나큰 구멍이 생긴다는 소리였다.

물론 시즌을 치르다 보면 부상을 입는 선수는 부지기수다.

하지만 투수 놀음인 야구에서 팀의 2선발이 전반기를 날린다는 건 말할 것도 없는 최고의 악재.

그런 악재가 어처구니없게도 천재지변같이 닥쳤으니, 조 지라디 감독이 골머리를 앓는 것도 당연지사였다.

하지만 그 순간.

[2아웃 주자 없는 상황, 토론토 블루제이스의 3번 타자가 올라옵니다.]

감히 날 두고 다른 생각을 하냐는 듯, 토론토의 간판타자가 모습을 드러냈다.

씨익-!

2010, 2011시즌.

메이저리그에서 가장 홈런을 많이 친 파워풀한 남자가.

[나우 배팅, 넘버 19! 호세- 바티스타!]

토론토 블루제이스.

서른 개에 달하는 메이저리그의 구성 팀들 중 유일하게 캐나다에 연고지가 있는 팀이다.

공식 행사 시에 미국 국가가 아닌 캐나다 국가가 울려 퍼질 정도로 캐나다의 국가색이 충만한 팀이며.

그로 인해 캐나다 국민들의 전폭적인 지지를 받고 있는 팀이다.

물론 한 국가의 전폭적인 지지를 받는다는 건 좋은 면도 많다.

그러나 결코 좋은 면만 있는 것이 아니었으니.

같은 리그에는 속해 있지만 어쨌든 다른 국가의 팀이라는 점에 더해.

미국보다 훨씬 높은 캐나다 세율 탓에 FA 선수들의 영입에 크나큰 핸디캡을 가지게 된 것.

거기에 홈구장인 로저스 센터가 인조 잔디 구장이라는 것도 성적에 예민한 FA 선수들의 발걸음을 망설이게 만들었다.

1977년 창단 이래, 1985년 첫 지구 우승을 시작으로 1992년과 1993년 월드시리즈 리핏을 달성하며 왕조라 할 만한 전성기를 보냈던 토론토 블루제이스가 요새 영 기를 못 펴는 이유도 바로 그것 때문이다.

캐나다에서 자란 캐나다 출신의 선수가 아니라면 FA로 에이스급 선수를 영입하기가 지난하니까.

그 말인즉슨, 기대했던 유망주가 잘 성장해 터져 주거나.

지푸라기 잡는 심정으로 가지고 있던 노(老)망주가 갑자기 각성하는 경우가 아니라면 스타급 플레이어를 소유하기 어렵다는 뜻이다.

그리고 앞선 두 명의 타자가 범타로 물러난 그라운드.

토론토의 슈퍼스타가 타석에 들어섰다.

[나우 배팅, 넘버 19! 호세— 바티스타!]

호세 바티스타.

2000년 드래프트로 피츠버그 파이어리츠에 입단한 이후.

2008년까지 한두 시즌을 제외하고 마이너를 전전하던 노망주.

심지어 1년간 5번이나 트레이드당해 팀이 바뀔 정도로 찬밥 신세였던 호세 바티스타는.

당시 토론토의 1루 코치였던 드웨인 머피의 도움으로 타격 폼을 수정한 결과 각성.

2010년과 2011년 메이저리그 홈런왕에 등극하는 기염을 토했고, 이후에도 꾸준히 활약하여 2010~2015년 메이저에서 가장 홈런을 많이 친 타자가 될 정도로 터져 버렸다.

MVP를 수상한 적은 없지만, 2010~2011년 명실상부 MVP급 활약을 보인 선수.

더군다나 배트 플립 장인이라 불릴 정도로 쇼맨십까지 출중하여, 토론토와 캐나다의 사랑을 한 몸에 받는 선수.

그런 호세 바티스타는 10년 전 자신과 같은 유망주 앞에서 조용히 타석의 흙을 골랐다.

'역시 슈퍼스타라 그런지 무게감이 있네. 나도 곧…….'

게리 산체스는 이번 경기 처음으로 조용한 타자의 입을 보고 그리 생각했으나.

아니었다.

메이저리그의 수많은 불문율 중 하나인 배트 플립을 거리낌 없이 시전하는 선수가 고작 트래시 토크를 꺼릴 리가.

더군다나 호세 바티스타는 긴 무명의 시간을 보낸 선수.

필요하다면 루키의 멘탈을 흔들기 위한 트래시 토크쯤은 가볍게 쓸 수 있는 사람이었다.

그럼에도 지금 호세 바티스타가 조용한 이유는.

'김신…….'

등 뒤에 앉아 있는 게리 산체스와는 달리, 정면에서 자신을 똑바로 바라보고 있는 또 다른 유망주 때문이었다.

늦게 터진 자신과 달리, 처음부터 로열 로드를 걷는 루키에 대한 질투 같은 수준 낮은 감정 따위는 아니었다.

그저 겨뤄 보고 싶을 뿐.

2연속 메이저 홈런왕과 메이저 최고의 강속구 투수.

늦게 터졌지만 리그 수위급 타자가 된 노망주들의 희망과 시작부터 압도적인 성적을 쓰고 있는 '될놈될'의 정석.

길고 긴 시즌의 초반.

한 경기 정도는 정면으로 맞붙어 볼 만한 상대가 아닌가.

'와라!'

그러나 호세 바티스타가 막 타격 자세를 잡을 찰나, 양키스의 수비진이 움직이기 시작했다.

극단적인 풀(Pull) 히터, 타구의 90% 이상을 당겨서 만들어 내는 호세 바티스타를 위한 맞춤 수비 전략.

2012년 4월, 호세 바티스타의 방망이를 잠시간 꽁꽁 묶었던 그것이었다.

수비 시프트.

2010년대 후반 메이저리그의 새로운 트렌드가 될, 하지만 아직은 몇몇 선수에게밖에 사용하지 않는 수비 위치의 변형.

그것을 눈치챈 호세 바티스타는 눈썹을 꿈틀했지만.

'넘겨 버리면 될 뿐!'

이내 방망이를 움켜쥔 손에 더욱더 힘을 불어넣었고.

[김신 선수, 와인드업!]

그것에 화답하듯이, 김신의 오른손에서 공이 번개같이 솟아올랐다.

그러나 그것은 호세 바티스타가 바라던 정면 승부 요청이 아니었으니.

부우웅—!

언더핸드 폼에서 휘어져 들어간 아름다운 궤적이, 호세 바티스타의 거센 방망이를 피해 냈다.

"스트라이크!"

'정면 승부 할 생각이 없으시다? 패기가 없군, 루키.'

그리고 호세 바티스타가 자신의 타격 플랜을 점검할 찰나.

[김신 선수, 제2구!]

멈춰선 그를 모욕하듯, 뱀처럼 뿜어진 직구가 스트라이크 존 한가운데를 파고들었다.

뻐엉—!

"스트라이크!"

2스트라이크 노 볼.

순식간에 몰려 버린 볼카운트.

호세 바티스타는 잠시 타임을 외쳐 시간을 벌려 했지만.

쐐애액-!

방망이에서 손을 떼기도 전에 날아든 제3구는.

뻐엉-!

황급히 커팅하고자 내민 호세 바티스타의 방망이 위를 스쳐 지나갔다.

"스트라이크아웃!"

[업숏! 슬라이더-포심-업숏의 연계에 호세 바티스타 선수가 허무히 물러납니다.]

[지금 보시면 호세 바티스타 선수의 타격 폼이 무너져 있어요. 양키스의 루키 배터리가 제대로 허를 찌른 것으로 보입니다.]

[눈 깜짝할 새였죠. 오늘 김신 선수, 평소보다 상당히 스피디한 투구를 보이고 있습니다. 새로운 포수의 영향일까요?]

[글쎄요. 앞으로 지켜봐야겠군요.]

타자에게 생각할 시간조차 주지 않는 업 템포 투구.

1회 말을 8개의 공으로 삭제한 김신은, 더그아웃으로 걸어 들어가는 호세 바티스타를 보며 웃었다.

'그렇게 치고 싶은 생각 만만인데, 내가 정면 승부를 왜 해?'

빗겨 맞혀도 담장을 넘겨 버리는 괴물이 득시글대는 메이저리그.

그중에서도 홈런왕이라 함은, 노리던 공과 비슷한 공만 들어와도 억지로 담장 너머로 공을 날려 버릴 수 있음을 뜻한다.

물론 아무리 그런 타자라도 김신은 정면 승부를 할 수 있을 만한 강력한 구위를 소유한 투수였으며.

그에게도 남자 대 남자, 힘 대 힘의 대결을 펼치고 싶은 마음이 없는 건 아니었지만.

'이기는 놈이 장땡이지.'

그것보다도 승리를 향한 갈망이 더욱 큰 것이 바로 김신이라는 선수였다.

'야구는 귀와 귀 사이의 뇌라는 기관으로 하는 것.'

지금 뉴욕에서 이 경기를 지켜보고 있을 그의 인스트럭터가 남긴 명언을 떠올리며.

김신은 업 템포 투구를 할 수 있도록 연신 고개를 끄덕여 준 파트너의 어깨를 찰싹 때렸다.

"왜?"

"그냥. 잘하라고."

"네가 안 그래도 알아서 잘하거든?"

"예, 예. 그랬으면 좋겠네요."

수비 시프트를 이용하는 법, 타자와의 수 싸움, 몰아치는 듯한 업 템포 투구.

오래전, 그것들을 자신에게 전수해 주었던 선수의 어깨를.

[2회 초, 뉴욕 양키스의 공격으로 찾아뵙겠습니다! 여기는 블루제이스와 양키스의 경기가 펼쳐지고 있는, 로저스 센터입니다!]

경기가 이어졌다.

2회 초.

토론토의 6선발, 드류 허치슨이 마운드에 올라왔다.

　-김신 보다가 얘 보면 왜 이렇게 짠하냐. 김신은 쉽게 가던데.

　-빨리 쳐 맞고 점수나 내줬으면 좋겠다. 1회에도 존나 아까웠음.

　-너무 그러지 마. 얘는 5선발에도 못 끼는 땜빵이고 우리 신이
는 1선발인데 당연하지.

　-응 토론토 1선발 나와도 김신한테 안 돼~. 애초에 토론토에 1
선발이란 게 있나? ㅋㅋㅋㅋㅋㅋㅋ

　-김신 1선발임? 사바시아 아님?

　-말이 그렇다는 거지, 말이. 그리고 솔까 요즘 성적 보면 어케
될지 모름.

"후우……."

　그리고 팬들의 반응을 아는지 모르는지, 1회 초 1사 만루
의 상황에서 기적적인 병살타를 만들며 간신히 무실점으로
이닝을 끝낸 드류 허치슨은 절로 나오는 한숨을 토해 냈다.

　5번 타자까지 상대하며 32구라는 많은 공을 사용한 기나
긴 수비 이닝.

　반면 3자 범퇴, 8구로 끝나 버린 짧디짧은 휴식.

한숨이 나오지 않을 수 없는 상황이었다.

하지만 드류 허치슨은 애써 기합을 불어넣으며 눈에 힘을 주었다.

'어차피 오래는 못 던진다. 전력으로 가자.'

2회 초, 양키스의 타순은 6-7-8의 하위 타선.

거기다 그중 7번과 8번은 아직 몇 경기도 채 뛰지 않은 루키들.

데릭 지터, 브렛 가드너, 추신수 등이 포진한 상위 타선과 비교하자면 충분히 할 만한 정도였다.

그리고 6회까지만 버티자는 생각으로 전력투구한 초구가.

따악-!

[먹힌 타구! 2루수 켈리 존슨. 여유 있게 잡아서 1루에! 아웃!]

6번 타자 커티스 그랜더슨을 범타로 잡아냈을 때.

드류 허치슨은 쉽게 이닝을 끝낼 수 있을지 모른다는 희망을 품었다.

[나우 배팅, 넘버 27! 조시- 도널드슨!]

하지만 호세 바티스타, 에드윈 엔카나시온과 함께 2010년대 중반 토론토 블루제이스의 짧은 황금기를 이끌었어야 할 타자가.

따악-!

[우중간을 완벽히 가릅니다! 조시 도널드슨, 2루타!]

이제는 적이 된 그 타자가 그의 희망을 반쯤 부숴 버린 데

이어.

따악—!

[3유간! 빠집니다! 조시 도널드슨, 3루 돌아 홈으로! 게리 산체스의 적시타!]

미래 양키스의 주전 포수 또한 자신의 능력을 증명하는 순간, 그의 꿈은 완전히 무너져 버렸다.

그러고도 끝이 아니었다.

뻐엉—!

[베이스 온 볼스! 제이슨 닉스, 풀카운트 승부 끝에 기어코 1루 베이스를 밟습니다!]

[아쉽네요. 이건 잡아 줬어야 하는데요. 드류 허치슨, 이제 막강한 양키스의 상위 타선을 다시 상대해야 합니다.]

[1사 주자 1, 2루! 양키스의 캡틴이 오늘 경기 두 번째로 타석에 섭니다. 아직 2회인데요!]

"선배님 말씀대로 거하게 식사를 하고 와서 그런지, 몸이 무거워 홈런을 못 쳤네요."

"……."

"다음엔 꼭 빈속으로 출전하겠습니다."

오랜만에 출전한 제이슨 닉스가 이를 악물고 볼넷을 얻어 나간 뒤.

켈리 존슨이 2루에 안착한 게리 산체스에게 역공을 얻어 맞은 건 말할 것도 없는 사소한 이야기.

따악-!

따악-!

따악-!

1회에 득점하지 못한 한을 풀 듯, 양키스의 방망이가 연신
불을 뿜었다.

〈2회에만 대거 6득점! 뉴욕 양키스, 8-0 대승!〉

〈김신 8연승 질주! 다승 1위 굳건해!〉

〈베리 산체스의 성공적인 첫 선발〉

그러나.

약속된 승리를 쟁취한 양키스의 더그아웃은 한 폭탄선언
에 의해 침묵에 휩싸였다.

"구로다 히로키의 부상이 생각보다 심각하다. 우측 정강
이 골절. 최소 10주 이상은 병원 신세를 져야 한다더군."

"……."

그 속에서, 좁혀진 김신의 눈동자가 한 선수를 향했고.

'최대한 빨리 추진해야겠는데…….'

그날 밤.

양키스의 전세기가 집으로 향한 뒤.

"아, 프로페서. 그거 있잖아요…… 네, 전에 말했던 그 선
수요. 네, 필 휴즈."

어떤 만남이 급물살을 타기 시작했다.

어쩌면 한 선수의 운명을 바꿀지도 모를 만남이.

메이저리거.

모든 야구인의 가슴을 뛰게 만드는 그 단어.

그 칭호를 얻기 위해 올라야 하는 메이저리그 로스터는 세 가지 종류가 있다.

첫 번째는 정규 로스터.

3월의 개막일부터 8월의 마지막 날까지, 시즌의 대부분을 치러 내는 스물다섯 명의 주전 명단.

두 번째는 확장 로스터.

9월 1일부터 포스트시즌이 시작되기 직전까지, 약 한 달 동안 운용되는 마흔 명의 1.5군 명단.

두 번째는 포스트시즌 로스터.

확장 로스터를 다시 추리고 추려 스물다섯 명으로 만든 포스트시즌 한정 로스터.

스물다섯 명에서 마흔 명으로. 그리고 다시 스물다섯 명으로 줄어드는 이 로스터 규정을 정리하면.

단 한 달의 확장 로스터 기간을 제외하고, 메이저리그 팀들은 스물다섯 명의 인원으로 시즌을 치러야 한다는 결론이

나온다.

그리고 이러한 규정 때문에, 로스터를 늘려 달라는 아우성이 빗발치는 것이 현실이다.

사정을 잘 모르는 상태에서 들었을 땐 상당히 의아할 수도 있다.

'스물다섯 명이면 차고 넘치는데 무슨 소리야?'

야구라는 스포츠에 존재하는 보직은 크게 9종류고.

25라는 숫자는 언뜻 보면 보직당 최소 두 명, 많게는 네 명까지도 채워 봄 직한 여유로운 숫자라 할 수도 있으니까.

그런데 그 스물다섯 자리 중 절반 가까이를 할애하는 보직이 하나 있기에, 메이저리그 구단들은 언제나 골머리를 앓을 수밖에 없다.

그 보직이 뭐냐고?

투수.

홀로 마운드에 고고히 서서, 야구라는 스포츠의 시작을 열어젖히는 보직.

그중에서도 4~5일의 휴식을 꼬박꼬박 부여받으며.

많아야 162경기 중 33경기만을 출전하는 황제 보직이 있다.

바로 선발 투수다.

매 경기 인간의 한계를 넘나드는 속도의 공을 100구 가까이 뿌리면서도.

스트라이크존 안으로 공을 던져 넣을 수 있는 제구력과 타자를 속여 넘길 수 있는 브레이킹 볼까지 겸비해야 하는 극한의 직업.

팀의 특급 대우가 전혀 아깝지 않은 사람들.

아무리 별들의 리그라 불리는 메이저리그라고 해도 그러한 선발 투수를.

정확히 말하면 메이저에서 먹힐 만한 수준의 선발 투수를 확보하기란 어렵고 어려운 일.

5선발 로테이션을 돌린다고는 하지만 완벽한 5인 선발 체제를 구축한 경우는 메이저 역사에서도 손에 꼽을 정도이며.

대부분의 경우 확고한 3~4선발과 비정규직처럼 썼다 말았다 하는 4~6선발로 시즌을 치러 낸다.

자, 여기서 문제.

그런 소중한 선발 투수가, 그것도 1~2선발급 투수가 장기 부상을 당하게 되면 어떻게 될까?

뉴욕의 사랑을 받는 사나이들이 볼티모어, 토론토로 이어지는 원정 4연전을 기분 좋은 승리로 마무리하고 집으로 돌아온 2012년 5월 18일 아침.

이제나저제나 양키 스타디움이 열리길 기다리던 뉴욕의 야구팬들은 자신들의 눈앞에 놓인 그 질문을 바라봐야만 했다.

〈구로다 히로키, 충격적인 교통사고! 최소 전반기 아웃!〉
〈적신호 켜진 양키스의 선발 로테이션! 대체자는?〉

-What?

-정강이 골절? 전반기 아웃? What The Fuck!

양키스의 선발진 한 축을 책임지던 2선발, 구로다 히로키가 최소 회복에 10주 이상은 걸리는 정강이 골절로 전반기에 뛸 수 없게 되었다는 소식이 전해진 것.

분명 메이저리그의 괴물들 중에는, 최소 10주가 걸리는 장기 부상도 6~7주 만에 박차고 돌아오는 불가사의한 존재들도 있기는 하다.

하지만 1975년생인 구로다 히로키의 나이는 올해 만으로 37세.

그가 최소 10주짜리 부상을 입었다는 건, 전반기는 물론이거니와 최악의 경우 시즌 내에 복귀할 수 있을지 확신할 수 없다는 걸 의미한다.

그러한 선수들, 부상이 장기화되거나 심지어 그로 인한 급격한 기량 저하를 겪는 선수들을 수도 없이 봐 왔던 양키스의 오랜 팬들은 혼비백산할 수밖에 없었다.

-이러면 우리 선발 명단이 어떻게 되지? 사바시아, 킴, 페티트, 휴즈, 노바인가?

-맞을걸. 딱 다섯 명.

-Fuck! 믿을 게 사바시아랑 킴밖에 없잖아?

-앤디는 왜 빼?

-아무리 앤디라도 이제 한 달 후면 만 40센데 언제까지 잘 던지겠냐!

주르륵 갱신되는 인터넷 뉴스의 댓글창이 보여 주듯, 양키스 팬들이 심각한 반응을 보인 건 분명한 사실이었다.

그러나 안타깝게도 그들에게 닥칠 미래는 더욱더 험난한 것이었으니.

팬들이 '믿을맨'이라 부르는 C. C.사바시아는 투구 피로 누적으로 인한 부상을 입고 DL에 두 번이나 올라갔다 내려올 예정이었으며.

앤디 페티트는 팬들이 걱정하는 육체의 노쇠화가 아닌, 경기 중 날아든 타구에 발목을 직격당하는 부상으로 시즌 말까지 로스터에서 이탈하는 운명을 가지고 있었다.

하지만 그 모든 것을 알고 있으면서도.

오히려 미래가 변했다는 사실에 그 누구보다도 큰 충격을 받았으면서도.

금세 털고 일어나 다시금 저 앞을 바라보는 남자가 있었다.

"금방 오실 거예요. 조금만 기다려 주세요."

"음…… 알았다."

그 남자의 이름은 김신.

이번 시즌 기필코 왕관을 쓰고자 하는 야심가였으며.

이미 브렛 가드너와 마리아노 리베라의 부상을 막아 낸 뛰어난 구급대원이었다.

  그리고 그 남자가 긴장감을 감추지 못하는 필 휴즈라는 어린양을 케어하고 있을 무렵.

  "연장자에 대한 배려가 없어, 배려가. 어느 나라에서 노인네를 이런 아침에 불러?"

  구급대원에게 환자를 인계받아 새 생명을 불어넣어 줄 의사가 문을 박차고 들어왔다.

  "아, 오셨네요. 빨리 오십시오, 프로페서!"

  "왔다, 이 자식아. 이놈 이거 재촉하는 것 좀 보게. 프로페서라고 부를 거면 그에 걸맞는 대우를 해야 하지 않냐?"

  "에이, 현역한테 지금밖에 시간 없는 거 잘 아시면서. 그리고 호칭은 프로페서께서 정하셨지 않습니까. 마스터는 너무 부담스럽고 코치는 너무 흔한 거 같다고."

  "됐고. 소개나 해."

  마치 수년은 만난 듯 자연스럽게 이어지는 티키타카에 놀라 눈썹을 꿈틀대는 필 휴즈.

  그렉 매덕스의 턱짓에 김신은 그런 필 휴즈를 돌아보았다.

  "인사하십시오, 휴즈 선배. 이분은 프로페서 그렉 매덕스님입니다."

  "안녕하십니까!"

  "반갑소, 나 그렉 매덕스요."

마침내 환자의 몸에 의사의 손길이 닿는 순간.

소명을 다한 구급대원이 환하게 웃었다.

빗겨 맞은 공을 담장 밖으로 넘겨 버리고.

잘못 맞으면 사람이 죽을 수도 있는 속도의 공을 100구씩 뿌리는 괴물들이 가득한 곳, 메이저리그.

하지만 그곳도 결국에는 사람 사는 동네고.

사람이 산다는 건 '스토리'가 있다는 것이다.

그리고 당연히 사람들이 가장 열광하는 스토리 중 하나인 '인생 역전극'도 있다.

드웨인 머피 코치의 조언을 받아 히팅 포인트를 수정하고, 한순간에 만년 유망주에서 리그 수위급 타자가 된 호세 바티스타.

덕 레타 코치의 교정을 받아 레그 킥을 완성하고 평범한 내야 백업에서 팀을 대표하는 타자가 되었던 저스틴 터너.

미키 캘러웨이 코치의 도움으로 제구라는 토끼를 잡아내고 꽝에서 로또가 된 복권, 2020 사이 영 수상자 트레버 바우어.

눈치가 빠르다면 이들의 공통점이 무엇인지 알아봤을 것이다.

'코치'의 '도움'으로 인생…… 아니, 야생(野生) 역전에 성공했다는 것.

물론 필 휴즈가 그렉 매덕스에게 바라는 것은 그런 정도의 드라마틱한 변화는 아니었다.

애초에 현시점은 시즌이 한창 치러지고 있는 5월.

그런 드라마틱한 변화를 줄 수 있는 시점도 아니었으니까.

그저.

'조금이라도 나아질 수 있으면 충분하다.'

필 휴즈가 바라는 것은 그 정도일 뿐이었다.

'호락호락하진 않겠지만.'

당연히 그것 또한 쉽지 않은 일이다.

벽에 부딪친 상태에서 '조금' 나아지는 것이 쉬웠다면, 메이저의 맛만 보고 은퇴하는 선수는 왜 있겠으며.

야구 인생을 마이너에서 마무리하는 선수들은 왜 있겠는가.

마이너를 격파하고 올라오면서, 그런 선수들을 많이 봐 왔던 필 휴즈는 그 어려움을 아주 잘 알고 있었다.

하지만 물러서고, 포기하는 것은 이미 충분히 해 왔다.

지금 당장이 아니라도 좋다.

가능하다면 다음 시즌, 그것도 힘들다면 다다음 시즌, 그것도 힘들다면 아주 먼 미래에서라도.

아직 그에게 공을 던질 힘과 기회가 있을 때, 미래의 자신에게 부끄럽지 않은 하루하루를 보내기를.

그리하여 더욱 나은 투수로서 팬들에게, 동료들에게 기억

될 수 있기를.

필 휴즈는 그렇게 바랐다.

그렇기에, 한참 어린 후배가 지켜보는 훈련 시설에서.

처음 만나는 노인의 구령에 맞춰, 이를 악물고 팔을 휘둘렀다.

"포심!"

뻐엉-!

피칭 레퍼토리의 기본을 쌓아 주는 93마일의 포심 패스트볼.

"커브!"

뻐엉-!

그가 주 무기로 사용하는 브레이킹 볼, 커브.

"커터!"

뻐엉-!

계속해서 연마하고는 있지만, 만족스럽지는 않은 수준의 커터.

"체인지업!"

뻐엉-!

장타를 얻어맞는 일이 많아 피칭 레퍼토리에서 제외할까 고민 중인 체인지업.

"슬라이더!"

너무나 많은 타격을 허용했기에 반쯤 봉인해 두고 있던 슬라이더까지.

"후우우……."

자신이 던질 수 있는 모든 구종을 쏟아 낸 뒤.

필 휴즈는 별다른 기대 없이 긴 날숨과 함께 몸을 돌렸다.

그런데.

"……?"

이해할 수 없다는 표정을 지으며 전설적인 투수가 자신의 어깨를 짚는 것이 아닌가.

그리고 그 입에서 곧장 질문이 튀어나왔다.

"어이, 휴즈. 자네 아까 전에 분명 슬라이더는 거의 안 쓴다고 했지?"

"예, 그렇습니다만."

대선배의 질문에 일단은 곧바로 대답하면서도…….

'슬라이더가 그렇게 별로였나? 방금은 그나마 좀 긁힌 것 같았는데.'

필 휴즈가 속으로 고개를 갸웃하고 있던 순간.

"너 병신이냐?"

"예……?"

그렉 매덕스의 입에서 험악한 욕지거리가 튀어나왔다.

"이걸 안 쓴다고? 너 머저리야? 뇌를 마운드에다 두고 다녀?"

"……."

"네 그 빌어먹을 변화구 중에 슬라이더가 가장 좋다는 거, 정말 몰랐단 말이야?"

"……!"

"이런 젠장! 양키스 코치 새끼들은 도대체 뭘 하는 거야?"

놀람으로 물드는 필 휴즈의 표정과 쩌렁쩌렁 울리는 그렉 매덕스의 일갈에.

그제야 김신의 입가에 흡족한 미소가 걸렸다.

'역시 프로페서.'

알고 있었으니까.

'여차하면 알려 주려고 했는데 알아봐 주는구먼.'

머지않은 미래, 2012년 6월.

필 휴즈가 급격한 반등을 시작하는 이유가 바로 저 슬라이더의 사용이라는 것을.

슬라이더에 대한 나쁜 기억을 가지고 있는 필 휴즈가 극도로 사용을 꺼렸기에 양키스 코치진도 어쩔 수 없었을 뿐.

현재 필 휴즈의 슬라이더에는 충분한 경쟁력이 있다는 사실을.

하지만 겨우 6월에서 5월로 각성 시기를 당기는 정도로 만족해서야 고생해 가며 그렉 매덕스를 설득하고, 필 휴즈를 보라스 코퍼레이션의 훈련 시설까지 끌고 온 보람이 없지 않겠는가.

'제구까지 좀 잡아 주십쇼, 프로페서. 그래야 수지가 맞으

니까.'

간신히 고개를 내민 새싹이 다시 땅바닥으로 숨지 않기를.

"슬라이더!"

뻐엉-!

"어딜 보고 던지는 거야! 다시!"

뻐엉-!

"하아, 이봐 킴! 이리 와 봐!"

"옙! 지금 갑니다!"

김신은 진심으로 바랐다.

"다시-!"

뻐엉-!

필 휴즈의 선발 등판을 하루 남긴 오전의 일이었다.

따르르릉-!

"예, 리입니다."

-빌리, 왜 아직도 사무실에 있나. 내 지시를 잊은 건 아니겠지?

"지금 막 나가려고 했습니다."

-그래? 알았네. 그럼, 즐거운 관람 되길.

뉴욕 양키스의 촉망받는 전력 분석원 빌리 리는 끊어진 전
화를 잠시 바라보다가 한숨과 함께 자리에서 일어났다.

'할 일도 많은데······.'

이제 5월의 막바지.

언제나 달려야 하는 팀 뉴욕 양키스로서는 슬슬 시즌을 포기할 셀링 구단들로부터 사 올 만한 선수가 있는지 밤낮 가리지 않고 물색해야 할 시간.

자연히 그 데이터를 구축하고 있는 빌리 리는 몸이 두 개라도 모자랐다.

하지만 일이 많다고 해서 최고 상사인 단장의 지시를 무시할 수는 없는 노릇.

"간다, 가."

자리에서 일어난 빌리 리는 외투를 챙겨 입고 소중한 자료가 들어 있는 태블릿 PC를 꼭 쥔 채 시계를 확인했다.

12 : 17 P.M.

정오를 살짝 넘긴 시간.

그가 단장 직속 지시로 직접 관람해야만 하는, 뉴욕 양키스와 신시네티 레즈의 2차전 경기가 한 시간도 채 안 남은 시간이었다.

"쯧."

빌리 리는 언제나와 같이 도너츠를 입에 문 채 방을 빠져나갔다.

탁―!

"여기, 이걸 좀 보시죠. 스윙이 아주 기가 막힙니다."

"진심으로 하는 말이야? 저 정도는 요즘 고등학생들도 하겠다."

그리고 업무에 열중인 직장인들 사이를 천천히 지나.

햇빛 속으로 걸어 들어갔다.

"와아아아아아―!"

그곳은, 양키 스타디움.

뜨거운 5월의 태양보다 더한 열기가 가득한 곳.

"하아……."

내부와는 180도 다른 그 분위기를 피부로 느끼며, 빌리는 천천히 지정된 좌석으로 발걸음을 옮겼다.

'올스타 브레이크 이 주 전까지랬나? 에휴……!'

조시 도널드슨의 트레이드 건으로 단장에게 항의한 결과 받게 된 질책성 지시.

뉴욕 양키스 선수들이 홈으로 돌아온 어제부터, 빌리는 그 지시를 이행하고 있었다.

'단장의 생각이야 뻔하지.'

아웃라이어.

데이터를 통해 야구를 바라보고자 하는 세이버 매트리션이 규정할 수 없는 존재들.

해 줘야 할 때마다 거짓말처럼 해결해 내는 클러치 히터,

데릭 지터라든지.

혜성처럼 나타나 모든 기록을 갈아치우고 있는 전대미문의 투수, 김신과 같은 불가사의한 존재들.

그들을 직접 보고, 뭔가를 느껴서 딱딱한 생각을 좀 유연하게 만들라는 것이겠지.

'시키니까 하긴 하지만……'

그러나 이미 빌리는 그 존재에 대해 명확한 자신만의 규정을 내리고 있는 상태였다.

혹자들은 아직 그것을 측정할 만한 지표나 수단이 없기에 규정할 수 없다고 얘기하지만.

'절대 규정할 수 없는 아웃라이어는 존재해.'

빌리는 인간의 힘을 믿었다.

트럭에 깔린 아이를 구하기 위해 불가능한 괴력을 발휘하는 어머니나.

주변인들의 정성으로 뇌사 상태에서 돌아올 수 있는 기적이 있다고 믿었다.

그래서 빌리는 데릭 지터와 김신 같은 아웃라이어가 존재하고.

그들을 양키스 구단에 헌신하도록 만드는 것이 얼마나 유익한 일인지 잘 알고 있었다.

하지만 캐시먼과 그의 결정적인 차이는.

'단장은 평가가 너무 후해. 분석 없는 투자는 도박일 뿐인

것을.'

바로 이것이었다.

데릭 지터?

그래, 미스터 노벰버를 인정하지 않을 수 없지.

김신?

데뷔전 퍼펙트에 평균자책점 0점대를 두 달간 유지하는 투수를 어찌 인정치 않을 수 있겠나.

그러나 조시 도널드슨? 매니 마차도?

물론 얻어걸려서 터질 수도 있겠지.

하지만 이성으로 돌아가야 하는 구단이 그런 도박 수를 계속해서 둔다는 건 결코 좋지 않은 일이라고.

빌리 리는 확신했다.

또한 긁지 않은 복권의 숫자를 미리 볼 수 있는 말도 안 되는 능력이 있을 리 없다고.

행여나 그런 일이 '조금' 반복되더라도 그것은 결국 요행에 지나지 않는다고.

그렇게 생각했다.

그리고 상념의 끝에서.

빌리의 발걸음이 멈춘 곳은 정반대의 생각으로 가득한 사람들의 곁이었다.

"날씨가 참 좋아. 오늘도 이기겠구면."

"그럼! 필 휴즈도 어제 앤디가 던지는 걸 보고 느낀 게 있을 거야."

"그게 베테랑의 품격이지. 1년 쉬고 돌아와도 집은 집이 거든."

구 양키 스타디움에서부터 이어진 지정석을 가진 오랜 팬들이 모인 자리.

"아, 어제 보니까 조시 도널드슨? 그 친구도 괜찮더구먼."

"맞아. 그냥 슥 보기만 해도 괜찮은 걸 알 만큼 괜찮았지."

"캐시먼이 요즘 일을 참 잘해. 역시 눈이 살아 있어."

바로 하루 전, 신시내티와의 1차전에서 거둔 승리로 한껏 고양된 그들은 이런저런 평가들을 늘어놓았고.

빌리 리는 거기에 전혀 동의할 수 없었지만.

필 휴즈와 앤디 페티트의 투구 사이에 도대체 무슨 관계가 있는지.

앤디 페티트의 홈 성적이 원정 성적보다 좋지 않다는 사실은 알고 있는지.

어떤 근거로 조시 도널드슨이 괜찮은 선수라는 건지 묻는 대신.

그저 고개를 끄덕였다.

그래, 이미 살아갈 날보다 살아온 날이 많은 노인들이다.

변화에 적응하고 변화된 세상을 인정하는 것이 어려운 나이.

그들에게 속속 등장하고 있는 새로운 지표들을 기반으로

한 판단을 요구하는 건 어려운 일이겠지.

그래도 소중한 양키스의 팬이자 고객이니 이해할 수 있다.

"오! 오늘 필 휴즈 뭔가 다른데요? 사고 한 번 치겠어요!"

"하하, 우리 캐시도 이제 그런 걸 볼 줄 아는구먼. 나도 그렇게 생각한다."

하지만 이 여자는 조금 이해하기가 힘들었다.

어찌 50은 더 먹은 노인들과 똑같은, 근거 따윈 없는 생각을 자신 있게 입 밖으로 내뱉느냔 말이다.

"에휴……."

빌리는 한숨과 함께 안경을 추켜올리고 1회 초 수비를 위해 마운드에 오른 필 휴즈를 바라보았다.

'그런 건 없잖아…….'

[안녕하십니까, 시청자 여러분! 여기는 뉴욕 양키스와 신시네티 레즈의 2차전이 임박한 양키 스타디움입니다!]

1회 초, 홈팀의 수비.

어제의 승리를 기억하는 팬들의 상기된 얼굴 아래, 굳은 표정의 필 휴즈가 마운드에 올랐다.

　-다른 건 그냥 쓰지 말게. 포심. 커브. 슬라이더. 세 개

만으로도 충분히 먹힐 테니까.

　그의 머릿속을 채우고 있는 것은, 어제 만남의 끝에서 그렉 매덕스가 했던 얘기들.

　－뭐? 슬라이더는 불안해? 에라이! 아직 멀었지만 그 상태로도 네 변화구 중에 제일 나아! 못 믿겠으면 다 때려치워!

　그 말투는 반말과 반존대를 오가며 흔들렸어도.
　그 내용은 동일했다.
　지금까지 주로 사용했던 포심, 커브, 커터의 레퍼토리를 포심, 슬라이더, 커브로 바꾸라는 것.
　하지만 그렉 매덕스의 일갈에 이어 필 휴즈의 머릿속에 선명히 떠오르는 것은.
　따악－!
　수없이 담장 너머로 사라졌던 그의 슬라이더들이었다.
　[나우 배팅, 넘버 28! 크리스 헤이시!]
　경기의 시작을 알리는 장내 아나운서의 멘트와.
　"집중해, 휴즈!"
　좋은 모습을 보이기 시작한 게리 산체스에게 뒤질 수 없다는 듯 파이팅 넘치는 포즈로 홈플레이트에 선 러셀 마틴의 외침.

그것들을 들으며 잠시 눈을 감았다 뜬 필 휴즈는.

쫘악-!

손에 들린 하얀 공을 거세게 움켜쥐었다.

그리고.

"흐아아압-!"

그림같이 우타자인 크리스 헤이시의 바깥쪽으로 휘어져 들어간 공이.

부우웅-!

"스트라이크!"

타자의 방망이를 희롱한 것은, 어쩌면 당연한 일이었다.

"그렇지! 투수라면 초구 스트라이크를 잡을 줄 알아야지!"

"고놈 참 시원하게도 돌리는구먼. 앞으로도 계속 돌리라고!"

고작 1회 초 1번 타자에게 스트라이크 하나 잡은 걸로 광분하는 주변 사람들의 반응에 빌리 리는 고개를 저었다.

'투수가 잘했다기보다는 타자가 실수한 거지.'

절묘한 코스로 스트라이크존을 파고든 것도 아니고, 그저 타자가 유인구에 속아 넘어갔을 뿐 아닌가.

하지만 그렇다고 그가 놀라지 않은 건 아니었다.

'그나저나 왜 갑자기 슬라이더를? 나쁘진 않지만 본인이 사용을 꺼려서 커터 위주로 훈련한다고 들었는데.'

마운드에 선 투수가 그의 데이터와는 다른 모습을 보였으니까.

잠시 고개를 갸웃한 빌리 리는 자신과 같이 상식이 있는 사람들의 목소리를 듣기 위해 이어폰으로 신경을 집중했다.

[슬라이더? 필 휴즈 선수가 초구로 슬라이더를 꺼내 들었습니다!]

[의외군요. 구사할 수 있는 구종인 건 맞지만 지금까지 거의 사용하지 않았는데요. 제 기억에는 이번 시즌은 물론이고 지난 시즌도 거의 쓰지 않았던 거 같습니다.]

[의표를 찌르기 위한 한 수일까요?]

[그럴지도요]

그제야 편안한 듯 고개를 끄덕이는 빌리 리.

'깜짝 사용일 수도 있긴 하겠어. 그렇다면 어느 정도 이해가 가지. 어디 보자…… 그럼 다음은 다시 원래대로 포심일 확률이 80% 이상. 코스는 바깥쪽 볼.'

그러나 마운드에서 와인드업하는 필 휴즈는 보지도 않은 채 태블릿 PC를 통해 도출된 결론은.

부우웅—!

완전히 빗나갔다.

[다시 한번 슬라이더! 크리스 헤이시 선수, 같은 구종에 또다시 방망이를 냅니다.]

[포심만 생각하고 나온 것 같은 모습이죠?]

[그렇습니다. 말씀드리는 순간 제3구!]

'뭔가 작전을 세웠나 보군. 그래도 다음 공은…….'

그리고 계속해서 빗나갔다.

부우웅–!

[다시 슬라이더! 세 번 다 똑같은 구종으로 삼구삼진을 잡아냅니다!]

[아, 이건 아니죠, 크리스 헤이시 선수! 어제 잠을 제대로 못 잤나요? 리드오프가 이렇게 당하다니요!]

비단 첫 번째 타자뿐만 아니라.

부우웅–!

[오늘 필 휴즈 선수, 제대로 미쳤습니다! 새롭게 꺼내 든 슬라이더가 신시내티 선수들을 완전히 농락하고 있어요!]

[포심의 제구도 훌륭합니다. 마치 며칠 전과는 다른 선수 같군요. 긁히는 날의 투수가 이렇게 무섭습니다!]

마운드에 선 투수가 땀범벅이 되어 내려갈 때까지.

'뭐지?'

필 휴즈의 뒷모습을 바라보는 빌리 리의 눈동자가 흔들리기를 반복했다.

"고생했다, 휴즈. 뒤는 불펜에 맡겨."

"감사합니다, 보스."

6과 2/3이닝 1실점.

슬라이더를 꺼내 든 필 휴즈가 작성한 기록.

'그래, 이 정도는 해 줘야지.'

땀으로 범벅된 채로 더그아웃에 들어와 조 지라디 감독의 격려를 받는 필 휴즈의 모습에 김신은 흡족히 고개를 끄덕였다.

슬라이더뿐 아니라 포심까지. 오늘의 필 휴즈는 박수 받아 마땅한 투구를 보였으니까.

하지만 오늘 이후, 필 휴즈가 승승장구할 거라고 생각한다면 그건 큰 오산이었다.

'급한 불만 끈 거야.'

슬라이더의 사용은 이끌어 냈고, 적어도 오늘만큼은 포심의 제구도 말을 들었지만.

필 휴즈가 괜찮은 포심과 커브, 슬라이더를 가지고도 3선발 이상급으로 성장하지 못하는 주요한 요인은 따로 있었다.

그것은 바로.

'오늘은 괜찮았지만, 곧 다시 도망가기 시작하겠지.'

스트라이크존에 공을 집어넣기 힘들어하는, 도망가는 피칭과 그로 인한 제구 난조.

그것이 필 휴즈가 가진 진짜 문제였다.

실제로 2012년에 반짝했던 필 휴즈가 2013년 다시 무너진 이유도.

미네소타로 자리를 옮긴 2014년 잠시간 다시 비상하는 이유도 다 그 문제와 연관이 있었다.

타자 친화적 구장인 양키 스타디움에서 플라이볼 피처로 뛰면서 수없이 얻어맞은 홈런들.

그 때문에 자신도 모르게 생겨 버린 트라우마.

그것을 극복하지 못하면 지금 간신히 괜찮은 수준을 유지하고 있는 슬라이더도 곧 망가질 것이 분명했다.

애초에 도망갈 생각이 가득한 투수가 던지는 도망가는 구종에 속아 넘어갈 타자는 몇 없으니까.

'내가 없었더라면.'

하지만 그것은 김신이 없을 때의 이야기.

따악-!

[조시 도널드슨! 쐐기를 박는 적시타! 어제 경기에 이어 홈팬들에게 큰 선물을 선사합니다!]

홈런이라는 세금을 아무리 많이 내더라도.

더욱 강력한 방망이를 휘둘러 적을 때려눕히고.

뻐엉-!

[마리아노 리베라! 오늘도 완벽하게 양키스의 뒷문을 잠가 버립니다!]

그가 무너지더라도 뒤에서 그를 받쳐 줄 믿음직한 동료들.

그리고.

'다시-!'

옆에 붙어서 호통을 쳐 줄 레전드까지.

그 모든 것을 준비해 둔 남자가 웃었다.

'진인사대천명(盡人事待天命). 잘 부탁합니다.'

그 순간이었다.

'프로페서에게 투심이라도 배우면 좋을…… 잠깐, 투심을…… 배워……?'

김신의 뇌리에, 까맣게 잊고 있던 선수의 이름이 떠오른 것은.

'내가 왜 잊고 있었지?'

그것은, 지금은 마이너를 전전하며 그저 그런 선수로 남아 있을.

'코리 클루버.'

하지만 투심을 장착한 이후.

거짓말같이 2회의 사이 영을 석권할 남자의 이름이었다.

〈뉴욕 양키스, 필 휴즈의 호투에 힘입어 3-1 승리!〉

You Complete Me

코리 클루버.

2007년 드래프트 이후 마이너에서만 전전하던 흔하디흔한 투수.

하지만 클리블랜드 인디언스 마이너 순회 코치였던 미키 캘러웨이에게 투심을 배운 후, 그의 인생은 상전벽해라 할 정도로 달라진다.

초구의 60% 이상을 투심 패스트볼로 스트라이크를 잡을 정도로 투심을 적극 활용하기 시작하면서.

본디 가지고 있던 엄청난 무브먼트, 기복은 좀 있지만 긁히는 날엔 전성기 그렉 매덕스가 생각날 정도의 제구력.

그리고 존을 물어뜯을 듯이 공략하는 공격성에 준수한 땅볼 유도 능력이 합쳐져, 일약 규정 이닝 소화 첫 시즌 만에 리그를 지배하는 투수가 된 것이다.

'투심'이라는 단어에서 투심 장착 이후 2014, 2017년 사이 영을 획득할 정도로 성장한 그를 떠올리는 것이 결코 이상하지 않은 일인 셈이다.

오히려 지금까지 잊고 있던 게 되레 이상한 일.

'투심을 꼭 미키 캘러웨이한테 배울 필요는 없잖아? 더 좋은 선생님이 있는데.'

심지어 훨씬 더 좋은 조건까지 보유하고 있는 상황.

김신이 헤빈 디그라이언에게 연락한 것은 당연한 수순이었다.

하지만.

"……그렇군요. 벌써 두각을 드러냈다고요."

-예, 확인해 보니 요즘 트리플A에서 날아다니더군요. 2011년에 메이저 맛도 이미 봤고요.

간발의 차이로 먹음직스러운 감에 누군가 이미 침을 발라 놓은 상태였다.

'아쉽게 됐군.'

김신의 기억 속에 코리 클루버가 투심을 장착하고 슬슬 메이저 마운드에 선발로 서기 시작한 것은 대략 2012년 후반기.

하지만 알아보니 이미 2011년 확장 로스터 기간에 데뷔를 했고, 지금은 마이너에서 담금질 중이라는 것이었다.

-소식통에 의하면 인디언스에서 절대 놔줄 생각이 없답니다.

"그렇겠죠."

제이콥 디그롬처럼 재활에서 막 복귀한 데다 성적도 시원 찮은 특수한 경우가 아니라면 그 귀한 투수 유망주를 어떤 구단에서 쉬이 놔 주겠는가.

그것도 이미 메이저 바로 아래인 트리플A에서 두각을 드러내기 시작한 선수를.

물론 그걸 훨씬 더 상회하는 가격을 제시하면 모르는 일이긴 하지만.

-어떻게 하시겠습니까?

"어쩔 수 없죠."

그건 김신의 소관이 아니었다.

그러나 못 먹는 감인 만큼 더욱 찔러 보고 싶은 것이 인지 상정인 법.

"캐시먼한테 슬쩍 전달해 주세요. 요즘 반짝반짝하는 친구가 있다고."

-예, 그렇게 하죠.

김신의 못된 손가락이 감 껍질을 어루만졌다.

🍵

신시내티 레즈와 뉴욕 양키스의 2차전 낮 경기가 종료된 5

월 19일 저녁.

김신은 호텔방도 훈련장도 아닌, 아주 색다른 장소에서 스마트폰을 두드리고 있었다.

[그 사람 진짜 이상해. 경기장에 와서 경기는 안 보고 혼자 태블릿 PC만 보면서 중얼거린다니까?]

그 상대는 요즘 부쩍 가까워진 양키스의 고문 의사.

캐서린 아르민.

으레 모든 썸이나 연애가 그렇듯, 김신은 잘 이해되지 않는 그녀의 하소연을 착실히 들어 주고 있었다.

[그래? 경기를 보는 게 아니고?]

[안 봐. 전혀.]

[흐음, 이상하네. 무슨 도박사인가?]

[아니, 도박을 하더라도 경기는 봐야 할 거 아냐. 몰라. 하여튼 이상한 사람이야. 기분 나빠.]

절묘한 코스로 파고드는 절정의 '아무튼 기분 나빠' 공격.

김신은 0.35초 만에 홈플레이트로 파고드는 자신의 공을 상대해야 하는 타자들의 심경을 이해할 수 있을 것 같았다.

하지만 그의 생각과 달리 손가락은 유려하게 움직였다.

[나쁜 사람이네. 감히 신성한 야구장에 와서.]

[그치, 그치? 그럴 거면 뭐 하러 티켓을 사냔 말이야.]

[그러게. 근데 캐시, 너 할아버지들이랑 지정석에서 본다며.]

[응. 그렇지?]

[근데 그 사람은 어떻게 거기 자리를 잡은 거야?]

[나도 모르지. 무슨 빽이 있나 봐. 생각하니까 더 열받네. 빽까지 써서 들어왔으면 경기에나 집중할 것이지.]

귀엽게 볼을 부풀리고 있을 것만 같은 메시지 내용에, 김신의 입가에 풋풋한 미소가 걸렸다.

근 두 달간 그가 말도 안 되는 성적을 쓰면서 급격히 유명해진 탓에 편하게 만나기도 어려운 상황.

캐서린 또한 사소한 일로나마 연락을 지속하고 싶어서 계속 말을 잇는 것일 터다.

그러나 김신이 미소를 머금은 채 다음 메시지를 쓰려 할 찰나.

"킴 선수! 시간 됐습니다! 준비하세요!"

그의 귓가에 누군가의 외침이 들려왔다.

"예! 바로 가겠습니다."

곧바로 크게 대답한 김신은 캐서린에게 사정을 설명하는 메시지를 남기고 자리에서 일어났다.

그리고 그의 천천한 발걸음이 시원하게 바닥을 울렸다.

"Everybody, We are back!"

남자치고는 얇은 하이 톤의 목소리.

하지만 그 안에 위트와 자신감이 한껏 담겨 있는 목소리가 울려 퍼지는.

"신사 숙녀 여러분, 반갑습니다. 오늘 제 쇼의 첫 번째 게

스트는 고작 19살의 나이에 전미를 떨어 울리고 있는……."
스튜디오를 향해.

만약. 아주 만약에.
20년이 넘는 긴 세월 동안 헌신했던 직장에서 당신을 토사구팽하듯 버렸다면.
그 직장이 당신이 그토록 속하고 싶어 했던 꿈의 직장이라면.
거기에 그 토사구팽이, 원하고 또 원했던 지위를 손에 넣자마자 벌어진 일이라면.
심지어 경쟁 업체에서 제시한 훨씬 더 좋은 조건을 거절하고 남았던 것이라면.
당신은 어떻게 하겠는가.
그래. 좌절하고, 욕하고, 슬퍼하겠지.
응당 그러할 것이다.
그렇다면 그 이후에는 어떻게 하겠는가.
사규와 법을 열심히 들여다보며 복수를 꿈꿀 텐가.
피켓을 들고 회사 앞에 나아가 일인 시위를 벌일 것인가.
아니면 보란 듯이 잘살겠다며 이를 갈겠는가.
지금 당신의 머릿속엔 여러 가지 방안이 떠오를 것이다.

하지만 말이나 생각이 아닌, 행동으로 그것을 옮기는 것은 결코 쉽지 않다.

아니, 애초에 그 좌절과 낙담을 극복하기조차 쉬운 일이 아니다.

그것을 누구보다 잘 알기에.

과정은 달랐으되 그 처참한 감정을 뼈저리게 느껴 봤기에.

김신은 수많은 선택지 중 지금 이곳을 골랐다.

"……예! 너무 유명해서 모르면 영국인이죠. 데뷔전 퍼펙트의 사나이. 메이저리그의 역사를 새로 쓰고 있는 핫한 남자, 뉴욕 양키스의 김신 선수입니다!"

그리고 자신을 부르는 외침과 함께, 환한 빛을 향해 걸어 나갔다.

짝짝짝짝짝-!

"와아아아아아-!"

거센 박수 소리와 함성 사이. 훤칠한 키의 백인 남성이 서 있었다.

"출연해 주셔서 감사합니다."

정중히 자리를 안내하며 인사하는 그의 이름은.

코난 오브런.

현시대 미국 최고의 MC.

하버드를 졸업한 재원으로, 꿈을 좇아 쇼비즈니스계로 투신한 낭만가.

20여 년간 헌신했던 NBS에서 쫓겨나고도, 결국 절치부심하여 케이블 방송인 TBC에서 더욱더 날아오른 사나이였다.

아직도 과거 너튜브에서 봤던 그의 졸업식 연설을 기억하고 있던 김신은 자리에 앉으며 그에게 존중을 건넸다.

"초대해 주셔서 감사합니다."

그 인사에 씨익 웃은 코난 오브런은 전매특허인 물 흐르는 듯한 진행을 선보이기 시작했다.

"아뇨, 정말 의례적인 인사말이 아니었습니다. 요즘 너무 핫해서 여기저기서 러브콜이 막 쏟아진다면서요?"

특유의 위트가 담긴 멘트.

그러나 그 저변에 깔린 공격 본능에, 김신이 마주 웃었다.

"뭐, 에이전트가 그렇다고는 하더군요."

"오우! 한국인은 무척 예의가 바르다던데 김신 선수는 좀 다르군요?"

"제가 공부를 좀 해 봤더니, 여기 분들은 이런 걸 좋아한다던데요? 자신 있는 모습요."

"하하, 글쎄요. 그건 사람마다 다르겠죠."

"그런가요? 그럼 다시 하겠습니다. 편집해 주세요."

"이거 만만치 않은 분이 왔네요."

마운드에서 보이는 것과는 전혀 다른 능글맞은 모습에 짐짓 놀란 표정을 지은 코난 오브런.

그는 과장된 표정으로 책상에 놓여 있던 서류를 들어 올렸다.

"자, 인사는 이쯤 하고. 김신 선수가 공부한 것처럼 저도 공부를 좀 했습니다. 아, 물론 직접 하진 않고 우리 PD가 했죠."

"하하하하하!"

능숙하게 좌중의 웃음을 끌어당긴 그는, 천천히 그 서류를 읊었다.

"이름 김신. 나이 만 19세. 소속 뉴욕 양키스. 보직 선발투수. 여기까진 맞죠?"

"네, 맞습니다. 잘 조사하셨네요. 구글링만 해도 나오겠지만."

"하하하하!"

방청객들의 폭소 사이로, 마침내 본격적인 이야기가 시작됐다.

"그다음이 정말 중요한데요. 현재까지 8경기 8승 0패? It's crazy-!"

"감사합니다."

두 달 만에 김신이 거리를 나다니지 못하게 된 이유.

어딜 가든 파파라치가 따라붙는 이유가 코난 오브런의 입에서 튀어나왔다.

물론 승수는 투수의 능력을 평가하는 데 있어 한물간 지표다.

하지만 아무리 그렇더라도 두 달간 8승 0패를 거둔 투수

앞에서 그것이 의미 없다고 할 머저리는 없었다.

ERA, WAR, BABIP, WHIP, FIP, K/BB 등 머리 아픈 지표를 들이밀지 않아도, 0패라는 숫자에서부터 다가오는 의미가 좌중을 압도했다.

"오오오오오오-!"

"도대체 어떻게 이런 성적을 거둘 수 있습니까? 무려 제학점보다도 평균자책점이 낮다니! 언빌리버블!"

방청객들의 환호성에, 이제는 승리의 상징이라고까지 불리는 남자는 어깨를 으쓱였다.

'나도 이 정도까지 할 수 있을 줄은 몰랐다고.'

완급 조절이 필요 없는 데다 완벽한 좌우놀이가 가능한 스위치 피처의 장점.

김신이라는 1년 차 투수가 가진 생소함.

컨디션과 밸런스를 칼같이 유지하는 싱싱한 육체.

그때였다.

속으로 자신의 파괴적인 성적에 대한 이유를 나열하던 김신의 뇌리에 어떤 영화의 한 장면이 스쳐 지나간 것은.

김신은 곧바로 그것을 입에 담았다.

"Truth is…… I am time traveler.(저는…… 시간여행자입니다.)"

"What? Are you serious?(네? 진심으로 하는 말이에요.)"

"Seriously.(정말입니다.)"

"휘익-!"

"와우-!"

그리고 현실과 영화는 달랐다.

영화의 주인공에게는 플래시 세례가 닥쳤지만, 김신의 귓가에는 그의 발언을 농담이라 여기는 휘파람과 감탄사가 들려왔다.

'역시.'

그 반응에 자신도 모르게 긴장했던 김신이 속으로 안도를 흘렸다.

물론 믿을 거라고는 전혀 생각지 않았지만 무려 회귀자라는 것을 밝히는 데에 긴장하지 않을 수는 없는 노릇이니까.

'농담 식으로 가끔은 괜찮겠는데?'

임금님 귀는 당나귀 귀라고 외쳤던 우화 속 인물의 심경을 절절히 느끼며.

스릴 넘치는 스카이다이빙을 하듯 조마조마 두근대던 김신의 심장이 천천히 제자리를 찾을 무렵.

"워, 워. 좋습니다."

아마도 그 흥분과 냉정 사이를 정확히 치고 들어와서일 터였다.

"무려 시간 여행이라는 중대한 비밀까지 밝혀 주시다니, 심히 감사드립니다. 그럼 요즘 만나는 금발 미녀가 누군지도 말씀해 주실 수 있나요?"

"아, 그게……."

"그게? 그게에? Wait a second!(잠깐만요!)"

김신이 그런 수준 낮은 블러핑에 넘어간 것은.

'이런……'

헤빈이 자리를 비운 자신을 대신해 붙여 둔 부하 직원의 얼굴이 딱딱하게 굳었다.

"하하…… 뭔가 오해를 하신 거 같은……."

"어? 이거 더 의심스러운데요?"

김신의 토크쇼 녹화가 성황리에 끝난 다음 날.

양키스는 신시내티와의 3차전에서 패배를 기록했다.

그리고 그다음 날, 2012년 5월 21일.

캔자스시티 로열스와의 홈경기에서도 양키스는 패배했다.

[아주 지라고 기도를 드리더라니까? 누구는 자료 볼 줄 모르냐고! 그래도 팬이라면 승리를 기원해야 하는 거 아냐?]

[내일 신이, 네가 좀 보여 줘. 그 너드 놈한테 야구란 게 뭔지.]

오랜만에 찾아온 연패 탓인지 캐서린은 이해할 수 없는 방식으로 야구를 관전하는 빌리 리에 대해 조금 더 강한 하소연을 늘어놓았고.

—Truth is…… I am time traveler.

김신의 이해할 수 없는 발언이 전미를 강타했다.

그리고 다시 다음 날.

이 세상에서 가장 불가해(不可解)한 투수가 마운드에 올랐다.

본디 녹화 방송이란 시일을 두고 방송되는 경우가 대부분이다.

하지만 현시점 가장 핫한 선수와 독점적인 토크쇼를 녹화했다는 점에서 TBC 방송국은 큰 결단을 내렸다.

스튜디오에서 녹화가 진행된 바로 다다음 날 밤.

뉴욕 양키스와 캔자스시티 로열스의 홈경기 2차전, 김신의 등판일을 정조준해 인력을 갈아 넣은 영상이 전파를 타고곳곳으로 흘러 나간 것.

그리고 그것은 예상대로…… 아니, 예상보다 더 뜨거운 반응을 낳았다.

[도대체 어떻게 이런 성적을 거둘 수 있습니까? 무려 제 학점보다도 평균자책점이 낮다니! 언빌리버블!]

－대단하다는 건 알았는데 정리해서 보니까 진짜 미쳤네;

－역대급 19세 시즌은 물론이고 전 연령대를 통틀어도 역대급 시즌임.

-데드볼 시대에도 없는 거 아님? ㅋㅋㅋㅋㅋㅋㅋㅋㅋ

-있을 리가 없지;

-갓김 찬양해!

-투수는 긁히는 날이 있고 안 긁히는 날이 있다는데 쟨 왜 기복이 없음?

-ㄴㄴ 있음. 실점할 때가 기복. ㅇㅋ?

-연패는 내일로 끝이네.

-당연하지.

김신의 성적이 일목요연하게 정리되었을 때는 남녀노소 가릴 것 없이 입을 벌렸으며.

-Truth is⋯⋯ I am time traveler.

-아이×맨 패러디 미쳤냐고ㅋㅋㅋㅋㅋㅋ

-영화광 인증 쩌네.

-나도 어×져스 보고 지렸다. 꼭 봐라.

-응~ 흔한 히어로 무비.

-보고 얘기하자, 제발.

-근데 진짜 쟤 회귀한 거 아님? 그래야 좀 말이 되는데.

-지랄 ㄴ. 말이 되는 소리를 해야지. 망상 속에서 나와라 좀.

진실을 담은 발언은 센스 있는 패러디로 포장되었다.

　그럼 요즘 만나는 금발 미녀가 누군지도 말씀해 주실 수
있나요?
　아, 그게…….

　-얼ㅋㅋㅋㅋㅋㅋㅋㅋ 금발 미녀 ㅋㅋㅋㅋㅋㅋ
　-금발 미녀는 못 참지.
　-누구지? 쟤 구장이랑 숙소만 왔다 갔다 한다며. 랜선 연애임?
　-응, 자기소개 감사하고요.
　-가능성1 아나운서, 가능성2 모델, 가능성3 배우.

24시간을 잠복하는 파파라치조차 찾아내지 못한 열애설이
튀어나왔을 땐 탐정에 빙의해 예상 명단을 늘어놓았다.
　그리고 그것은 팬들만이 아니었다.

　-누구냐. 좋은 말 할 때 순순히 얘기해라. 아빠가 준형
　사인 거 알지?
　그의 연애 사업에 지대한 관심을 가지고 있는 김성욱 컬럼
비아 대학 교수는 물론이거니와.

　-흠, 흠.

애꿎은 헛기침만 늘어놓는 캐서린 아르민.

"시간 여행자? 진짜야?"

"2020년엔 무슨 일이 있어? 내 아이는 어떻게 되지? 나는?"

"너넨 도대체 왜 그따위 걸 물어보냐! 당연히 금발 미녀부터 물어봐야지! 그래서, 누구야? 우리도 아는 사람이야?"

진심 반 농담 반으로 라커룸에서 그를 괴롭혀 오는 선수들까지.

"없어요, 없어. 야구 얘기 나올 줄 알고 있다가 갑자기 그런 얘기가 나와서 당황한 것뿐이에요. 그 뭐시냐, 악마의 편집! 그런 거라고요."

앞선 두 번의 패배를 모두 뒤덮어 버린, 생각보다 훨씬 더한 관심.

김신은 진심으로 당황을 느꼈다.

그리고 그것은 그의 투구에 영향을 주었다.

뻐엉-!

'이 자식도 진짜 어지간하다.'

불펜 피칭을 받아 주던 게리 산체스가 놀랄 만큼.

뻐엉-!

아주 긍정적인 영향을.

자신에게 가해지는 관심과 그로 인한 부담감을 오롯이 즐기는, 결코 누구에게도 뒤지지 않는 관심 종자가 힘차게 팔을 돌렸다.

뻐엉-!

●

야구뿐만 아니라 프로 스포츠 선수들에게서는 특별한 고유의 루틴이 심심치 않게 관찰된다.

서브 한번 하기 위해 바지 뒤를 잡아당기고, 옷의 양 어깨부위를 잡아당기고, 코를 두세 번 만진 뒤에 다시 귀밑머리를 쓸어서 넘기는 스페인의 흙신, 라파엘 나달.

1구, 1구마다 오른쪽 장갑을 조이고, 다시 왼쪽 장갑을 조이고, 방망이를 돌리며 왼쪽 발끝을 찍고, 이어 오른쪽 발끝을 찍는 지난 세대 3대 유격수 중 하나, 노마 가르시아파.

쪼그리고 앉았다 일어나서 배트를 일자로 곧추세워 투수를 향해 든 후 왼손으로 어깨를 슬쩍 털어 주는 일본의 야구영웅, 스즈키 이치로.

글로 나열하기조차 힘든, 무려 7단계의 루틴을 가진 KBO의 박한우 선수까지.

이처럼 알려 주고 따라 하라고 시켜도 쉽지 않은 독특한 루틴들을, 매번 똑같은 순서와 방법으로 시행하는 선수들이 많다.

그렇다면 선수들은 왜 이런 루틴을 행하는 것일까?

그것에 대한 답은 간단하다.

루틴과 징크스.

야누스의 얼굴과 같은 양면성을 가진 그것은, 선수 개인이 가지고 있는 성공과 실패의 기록이기 때문이다.

　-이렇게 하니까 이상하게 타격하기가 쉽네?

　-아, 이런 방법으로 마음을 가다듬으니 공이 수박만 하게 보이는구나!

　-와우! 이건 내 행운의 양말이야! 이걸 신을 때마다 이기잖아?

때로는 빛나는 성공을 거뒀던 방법을 그대로 답습하며.

　-젠장, 아침에 짜장면을 먹어서 그런가. 공이 안 맞아.

　-……다음부터 경기 직전에는 절대 샤워하지 않는 걸로.

　-다음에도 이딴 장갑을 끼면 내가 성을 간다.

때로는 스스로가 찾은 실패의 원인을 배제한다.

그리고 그것들이 하나하나 추가되다 보면 길고 긴 독특한 루틴이나 이해할 수 없는 징크스가 완성되는 것이다.

불합리하다고? 미신이라고?

그래서 어쩌란 말인가.

실제로 루틴을 행하고 징크스를 피할 때 선수의 마음은 평안을 찾고.

그로 인해 유의미한 경기력 상승이 일어나는 것이 현실인 것을.

인간의 한계를 시험하는 첨예한 감각의 끝에서 승부가 결정되는 스포츠라는 전장에서.

지푸라기라도 잡고 싶은 것은 인지상정이 아니겠는가.

당연하겠지만, 누구보다 처절하게 공을 던졌던 김신에게도 루틴이 있었다.

그것도 아주아주 독특한 루틴이.

"Kim Will Rock You!"

자신의 응원가가 울려 퍼지는 마운드에 선 김신.

그는 아무도 눈치채지 못하게 그것을 잠시 음미하다가.

이내 모자를 벗고 관중을 향해 고개를 숙였다.

"와아아아아아–!"

관중의 환호성이 그의 폐부를 찌르고.

그것으로써 남들은 모르는 그의 아주 특별한 루틴이 완성되었다.

'짜릿해.'

본디 루틴이나 징크스란 선수 개인이 통제할 수 있는 종류가 대부분이다.

타격 전 장갑을 동여맨다든가, 경기 전 반드시 카레를 먹는다든가, 절대 빨간 양말을 신지 않는다든가 하는 선수 개

개인이 컨트롤할 수 있는 변인들.

물론 김신 또한 그런 사소한 루틴과 징크스들을 많이 가지고 있었다.

하지만 단 한 가지.

전제 조건이 없으면 활성화될 수 없는 루틴이 있었으니.

'늘 새로워.'

바로 관중의 열렬한 관심과 환호를 받았을 때, 가볍게 모자를 벗고 인사하며 답례하는 것.

이 간단한 의식을 통해 김신은 집중력을 극도로 끌어 올릴 수 있었다.

관중의 환호가 거세면 거셀수록 더더욱.

그러나 일견 쉬워 보이는 이 루틴에는, 사실 불합리의 끝을 달리는 조건이 하나 붙어 있다.

'의도하지 않아야 할 것.'

SNS를 이용하거나 파파라치에게 일부러 찍히는 등 화제를 키우기 위한 의도적인 언행을 하면 안 된다는 것.

그런 작위적인 행위가 섞여 들어가는 순간, 거짓말처럼 컨디션이 최고조까지 올라오지 않았다.

'참 웃겨.'

그 판단 주체는 김신 본인이니, 속일 수도 없는 일.

'뭐, 그런 경우는 자주 없지만.'

하지만 에이스에게 향하는 관심은 상수(常數)인바.

김신의 루틴이 충족되지 못하는 경우는 거의 없다고 해도 과언이 아니었다.

이번 생에는 더더욱.

그리고 오늘.

연패를 끊으러 올라온 에이스에 대한 기대감에 더해.

토크쇼에서 '충동적으로' 유명 영화를 패러디했던 것과 코난의 유도신문에 '실수로' 낚였던 것이 상승효과를 일으켜.

김신은 그 어느 때보다도 관중이 자신을 열렬한 눈으로 바라보고 있음을, 그럼으로써 현재의 자신이 절호조의 컨디션에 이르러 있음을 체감하고 있었다.

손 안에 공이 착 달라붙는 그 완벽한 감각에, 김신은 조그마한 아쉬움을 흘렸다.

'토크쇼 방영을 늦춰 달라고 할걸 그랬나.'

마치 기술과 경험이 교차하는 골든크로스처럼.

빅게임을 위한 김신 개인의 준비와 관중이 극도로 열광할 만한 상황 세팅이 동시에 이루어지는 때.

전생 딱 한 번의 노히터를 달성했던 그때.

전생보다 훨씬 더 환상적인 투구를 하고 있는 현생의 자신이 그때 어떤 모습을 보일 수 있을지.

그것을 확인하지 못한 데 대한 아쉬움을.

'아냐, 그랬으면 이렇게 안 됐겠지.'

하지만 그렇게 되면 의도가 섞여 들어가는 것.

김신은 가볍게 고개를 저으며 다시금 들려오는 관중의 환호를 만끽하고는.

홈플레이트에서 자신을 마주 보고 있는 동족(同族)에게 눈길을 돌렸다.

그리고 서로를 바라보며 씨익 웃는 둘 앞에.

[나우 배팅, 넘버……]

로열 블루의 촌스러운 모자를 쓴, 몰락한 옛 라이벌이 가련한 모습을 드러냈다.

사이 영 수상자도, MVP급 타자도, 심지어 신인왕을 탄 선수조차 없는 팀이 월드시리즈 트로피를 들어 올릴 수 있을까?

또한 2년간 포스트시즌에서만 6번의 연장전을 벌이고 그 모두 승리하며, 월드시리즈 4개의 승수를 모조리 역전승으로 채우는 일이 가능할까?

정답은 YES.

그 주인공은.

창단 직후 짧은 전성기 동안 뉴욕 양키스와 라이벌리가 형성될 정도로 강력했으나, 이후 28년이라는 긴 암흑기를 겪어야 했던 팀.

하지만 2010년대 중반, 거짓말같이 일어나 내로라할 홈런

타자도, 자랑할 만한 선발진도 없는 채로.

강력한 수비와 철벽 불펜, 주력과 뒷심으로 대변되는 자신들만의 색깔로 커미셔너 트로피를 들어 올린 팀.

캔자스시티 로열스.

[나우 배팅, 넘버 1! 제로드 다이슨!]

하지만 지금은 2012년.

유망주는 영글지 못했고, 베테랑은 침묵하고 있으며, 팀 컬러는 갖춰지지 않은 시간.

'지금은 그 '승리 토템'을 불러와도 안 되지.'

시즌 초의 만남으로 그것을 잘 알고 있는 김신은 무거운 장비를 쓴 정면의 동갑내기가 보낸 사인을 유심히 지켜보았다.

'바깥쪽으로 하나 빠지는 공. 존을 확인하자는 건가.'

훌륭한 포수라면 투수를 리드할 줄 알아야 하는 법.

그리고 그 첫걸음은 심판의 스트라이크존을 확인하는 것이었다.

'뭐, 오늘은 웬만큼 들어주기로 했으니까.'

물론 미래의 게리 산체스가 회귀해 리드를 한다고 해도, 묵묵히 따를 생각은 김신에게 추호도 없었다.

하지만 오늘은 등판 전 게리 산체스의 '연습'에 최대한 발을 맞춰 주기로 한 상태.

[김신 선수, 초구!]

99마일의 속구가, 게리 산체스가 미트를 벌리고 있는 그곳으로 정확하게 빨려 들어갔다.

그러나 원래는 볼이 되었어야 할, 심판의 존을 확인했어야
할 그 공은.

부우웅-!

"스트라이크!"

로열스의 리드오프, 제로드 다이슨의 헛스윙 덕에 제 역할
을 해내지 못했다.

[빠지는 공이었는데요. 제로드 다이슨 선수, 초구 타격을 염두에 두고
나왔나요?]

[아무리 그래도 리드오프로서 보여서는 안 될 모습입니다.]

이어진 게리 산체스의 사인은 바깥쪽으로 반 개 정도 빠지
는 아슬아슬한 공.

'오케이.'

김신은 또다시 그곳으로 공을 보냈지만.

뻐엉-!

"스트라이크!"

이번엔 다른 이유로 그 공은 볼 대신 스트라이크 콜을 불
러왔다.

'이 자식…….'

[아슬아슬하긴 했지만 빠진 걸로 보이는데요.]

확연하게 스트라이크존 안에 미트를 집어넣은 남자.

포수, 게리 산체스가 웃었다.

'프레이밍?

◎

톰 글래빈.

'야구를 향한 열정은 스피드건으로 측정할 수 없다.'는 명언을 남긴.

그렉 매덕스, 존 스몰츠와 함께 애틀랜타 브레이브스의 전성기를 이끌었던 전설의 3인방 중 하나.

하지만 그 드높은 이름값과는 달리, 그의 속구는 채 90마일을 넘기지 못했으며.

낙차 큰 커브나 예리한 슬라이더 등 대표적인 변화구조차 제대로 구사하지 못했다.

그러나 신은 그에게 남들과는 다른 두 가지 특별함을 선사했으니.

바로 제구력과 두뇌가 그것이다.

빅 유닛, 랜디 존슨과 같은 정통파 파워 피처도.

마스터, 그렉 매덕스와 같은 압도적인 구위를 바탕으로 하는 변형 파워 피처도 아니었지만.

심판조차 '길들일' 수 있는 제구력과 절정의 체인지업으로 타자들을 수도 없이 속여 넘긴 그라운드의 여우.

그가 바로 톰 글래빈이었다.

그리고 그의 성공 신화에서 깨달을 수 있는 것이 하나 있다.

'심판도 사람이다.'

스트라이크와 볼을 판단하는 주체인 심판 또한 완벽하지 못한 인간이라는 것.

몇 센티미터도 채 되지 않는 차이로 공을 컨트롤할 수 있는 제구력의 마술사 톰 글래빈은.

1회부터 바깥쪽 스트라이크존의 아슬아슬한 경계를 향해 집요하게 공을 집어넣고.

그로 인해 심판의 존이 흔들리면 자신의 입맛대로 조정된 그 존을 이용해 위력적인 투구를 펼쳤던 것이다.

그리고 이와 같은 선수가 아닌 심판을 속여 넘길 수 있는 기술이 포수에게도 있었다.

'헹, 좀 놀랐나?'

프레이밍.

공이 포구된 위치를 기반으로 스트라이크나 볼을 판단하는 심판의 눈을, 아주 미세하고 자연스러운 미트의 움직임을 통해 희롱하는 기술.

속된 말로 '미트질'이라 부르는 그것을 성공시킨 게리 산체스는 평범한 사람은 느끼지 못했을 김신의 미세한 움찔거림을 확인하며 기분 좋게 공을 돌려보냈다.

'아직 바깥쪽 직구에밖에 못 쓰지만……'

물론 포구에 문제점을 가지고 있는 게리 산체스가 단기간에 절정의 프레이밍 실력을 갖출 수는 없었다.

하지만 대부분의 투수가 가장 많이 던지는 한 가지 구종, 한 가지 코스만큼은 가능했다.

'나한테도 무기가 더 있어야지.'

아무리 타격에서 좋은 모습을 보이더라도, 수비적인 역량 또한 증명돼야 주전 자리에 오를 수 있는 법.

현재 게리 산체스의 앞길을 막고 있는 양키스의 주전 포수 러셀 마틴은 1.8초대의 리그 정상급 팝 타임을 보유하고 있었고.

그에 대적할 무기로 게리 산체스는 프레이밍을 고른 것이었다.

그리고 또 다른 이유로는.

'파트너라면 도움이 돼야지.'

물론 마운드에 서 있는 그의 파트너는 현재 리그에서 완벽하다는 말에 가장 '가까운' 투수다.

하지만 그렇다고 정말로 부족한 것 하나 없이 전능(全能)한 것은 절대 아니었기에.

'자, 이번에는 정석적으로 몸 쪽 하이 볼!'

가족의 번영을 위해, 깜짝 선물을 준비한 양키스의 안방마님이 미트를 움직였다.

뻐엉ー!

"스트라이크아웃!"

쓸쓸히 타석에서 내려가는 제로드 다이슨을 바라보며, 김신은 손 안의 공을 굴리다 헛웃음을 흘렸다.

'귀여운 놈.'

게리 산체스가 프레이밍을 연습해 올 줄은 꿈에도 몰랐으니까.

프레이밍.

현재는 그저 흔한 포수의 잔재주 중 하나로 여겨지지만 세이버 매트릭스가 더욱 발달한 미래에는 포수의 가장 중요한 덕목 중 하나가 되는 기술.

'자유자재로 쓸 수 있는 건 당연히 아니겠지만⋯⋯.'

부족한 시간을 쪼개 가며 피나는 훈련을 했을, 서프라이즈 파티를 준비하는 어린아이처럼 그것을 숨긴 채 설레했을 게리 산체스의 모습을 떠올리자니 웃음이 안 나올 수가 없었다.

하지만 기특함은 거기까지.

'한 소리 해야겠군.'

포구 순간 미트를 움직이는 프레이밍은 필연적으로 포구 실수, 포일을 범할 가능성을 상승시키는 기술.

그것은 아직 포구에서의 약점을 극복하지 못해 나머지 훈련을 하는 게리 산체스가 손댈 과실이 아니었으며.

마찬가지로 아직 경력이 쌓이지 않은 루키가 펼치기에는

또 다른, 커다란 위험부담을 안고 있는 기술이었다.

그러나 생각도 잠시.

정면에 서서 자신을 노려봐 오는 적수의 등장에, 김신의 전신이 새로운 사냥을 준비했다.

[나우 배팅, 넘버 35! 에릭- 호스머!]

에릭 호스머.

2015년, 득점권 상황만 되면 폭발하는 클러치 히터의 자질을 보이며 캔자스시티 로열스의 우승을 견인한 중심 타자 중 하나.

고교 최고의 타자라는 찬사를 들으며 드래프트 시작과 동시에 로열스의 선택을 받은 1라운더답게, 그는 작년 시즌 제레미 헬릭슨의 신인왕을 위협할 정도의 준수한 성적을 거두었다.

하지만 2012년인 지금.

그의 표정에는 경험하지 못한 실패를 두려워하지 않는 재능러의 패기가 아닌, 실패를 인정치 못하는 자의 오기가 서려 있었다.

'소포모어 징크스가 뼈아프긴 해.'

그 이유는 바로 소포모어 징크스.

빠른 성공으로 인한 자신감 과잉과 그것에서 파생되는 오버센스적인 실수들.

그리고 결정적으로, 메이저리그의 현미경 분석 탓에 벌어지는 급격한 성적 하락.

1년 차의 빛나는 성공과 대비되는 현재의 부진을 아직 받아들이지 못하고 있는 에릭 호스머의 속을 손에 잡힐 듯 바라보며 김신은 싱긋 웃었다.

'물론 해당되지 않는 사람도 있지만.'

야잘잘. 야구는 잘하는 놈이 잘한다는 말에 걸맞는, 소포모어 징크스 따위는 겪어 본 적도, 겪을 생각도 없는 그 남자는.

'바깥쪽 낮은 코스의 직구? 아니.'

똑같은 리드를 해 오는 산체스의 사인을 거절한 채 타자라면 방망이를 내지 않을 수 없는 곳을 향해 손을 휘둘렀다.

쐐액-!

정직하게 존의 정중앙을 파고드는 100마일의 강속구.

"흐웃-!"

변화해야 함을 받아들이지 못한 어린아이는 그것을 참지 못했고.

따악-!

타자의 경험과 감각을 희롱하는 '조금 덜 떨어지는 공'은 정타를 허용치 않았다.

[아, 높이 뜹니다! 내야를 벗어나지 못할 듯…… 투수 김신, 직접 처리합니다. 투아웃!]

[안 좋은데요, 캔자스시티 로열스. 테이블세터진이 고작 공 네 개 만에 무너집니다.]

[그만큼 김신 선수의 투구가 위력적이라는 것이겠죠. 양키스에게는 호재입니다.]

계속되는 캔자스시티 로열스의 3번 타순.

로열스의 로열 로더가 타석에 들어섰다.

"어이, 루키. 두 개 쉽게 잡았으니까 좋은 걸로 하나 줘 봐."

아직 살바도르 페레즈가 스스로를 증명하지 못한 현재, 캔자스의 유일한 프랜차이즈 스타.

하지만 그럼에도 불구하고 결국 우승 반지를 끼지 못한 불운의 사나이.

[3번 타자, 빌리 버틀러 선수입니다. 김신 선수와의 지난 대결에서는 완패했었는데요. 과연 이번에는 어떤 결과를 낳을 수 있을지!]

우타석에 들어서는 그를 위해, 김신은 글러브를 바꿔 끼웠다.

[김신 선수, 역시나 손을 바꿉니다. 매번 보지만 참 말도 안 되는 투구 방식이에요.]

[두 명의 투수가 마운드에 서 있는 것과 같으니까요. 이런 일이 눈앞에서 벌어질 줄은 저도 상상조차 못했습니다.]

메이저리그에서도 단 한 명만이 보일 수 있는 퍼포먼스에 연신 터져 나오는 감탄사를 뒤로한 채.

뻐엉-!

김신의 공이 지난 승리의 기억을 그라운드에 소환했다.

"아웃!"

순식간에 종료돼 버린 1회 초.

프레이밍의 성공과 첫 리드의 성취감으로 희희낙락하며 더그아웃으로 돌아온 게리 산체스를 양키스의 주전 포수 러셀 마틴이 맞이했다.

"헤이, 산체스. 제로드 다이슨과의 대결에서 프레이밍을 한 거야?"

"……!"

심판조차 속였어야 할 프레이밍이 팀 동료에게 간파당한 순간, 게리 산체스는 당황해 굳어 버리고 말았고.

그런 산체스의 모습에 확신을 가지게 된 러셀 마틴은 자리에 앉아 옆을 두드렸다.

"앉아."

"예."

그리고 게리 산체스가 자리에 앉자마자, 러셀 마틴은 루키를 위해 베테랑이 해야 할 일을 시작했다.

"너도 다 알 테니까 별말 안 할게. 하지 마."

그것은, 포일에 취약해진다는 것 다음으로 프레이밍이라는 기술이 태생적으로 가지고 있는 두 번째 위험성에 대한 이야기였다.

심판도 사람이기 때문에 선수에게 속을 수 있지만, 반대로 사람이기 때문에 자신을 속이려 한 선수에게 불이익을 줄 수 있다는 것.

베테랑도 봐 줄까 말까인데…… 루키라면? 말할 것도 없는 일이었다.

침묵하고 있는 게리 산체스에게 러셀 마틴은 첨언했다.

"오늘 심판인 웨그너 씨는 그런 데 특히 더 인색한 편이야. 그리고 너는 못 봤겠지만 이미 눈치챘어. 한 번이라 넘어간 거지, 더 했으면 미운털이 제대로 박혔을걸."

눈치채지 못했으리라 여겼던 그의 생각과는 달리, 제로드 다이슨과의 2구째 승부, 프레이밍을 성공하던 순간에.

뒤에 서 있던 심판의 고개가 천천히 내려갔다 올라갔음을.

"포수라는 게 참 어려워. 야구만 열심히 해서 되는 거면 얼마나 좋겠어? 근데 심판도 그렇고, 투수도 그렇고 예민한 종족들을 어르고 달래야 하잖아. 또 가끔씩 개소리 지껄이는 타자 놈들도 상대해야 하고."

어깨를 으쓱한 러셀 마틴은 이내 게리 산체스의 등판을 팡팡 두드리며 웃었다.

"가끔 같이 식사나 하자고. 몇 없는 동포끼리. 적당히 다른 놈들 씹으면서 말이야."

그러고선 자리에서 일어서는 러셀 마틴의 등을 바라보며, 김신은 고개를 주억거렸다.

'내가 굳이 안 나서도 되겠군.'

그러나 러셀 마틴의 도움으로 당장 경기에서의 위험 요소는 사라졌지만.

김신은 이번에도 그 너머를 바라보았다.

'이왕 이렇게 된 김에 아예 프레이밍을 좀 더 빨리 장착시켜 볼까?'

지금까지 김신은, 할 수 있음에도 톰 글래빈과 같이 심판을 기만하는 여우같은 행위를 일절 하지 않았다.

그 정도의 마이크로 컨트롤을 하려면 일정 수준의 구속을 포기해야 하기도 했거니와.

평균 성적보다 심각하게 떨어지는 톰 글래빈의 통산 1회 성적이 말해 주듯, 필연적으로 1회에 불리한 카운트를 떠안아야 했으니까.

따라서 더 큰 무기를 가지고 있는 김신으로서는 굳이 긁어 부스럼을 일으킬 수도 있는데 심판과 드잡이를 할 필요가 없었던 것이다.

스타일상 맞지 않기도 했고.

하지만 그렇다고 심판을 속이는 것이 불필요하다는 건 아니었다.

구속을 희생하지 않고도, 불리한 카운트를 떠안지 않고도 이득만을 볼 수 있다면?

심지어 양키스라는 팀에도 충분히 도움이 되는 일이라면?

'좋아.'

김신이 아닌, 게리 산체스가 주체가 되는 프레이밍이 바로 그 조건을 충족시킬 수 있는 여우 짓이었다.

물론, 프레이밍을 심판이 눈치채면 불이익이 돌아올 수 있는 건 맞다.

그럼 눈치채지 못하게 하면 되는 것이 아닌가.

'좀 더 빡세게 굴려야겠구먼. 빨리 포구 실력이 올라와야 프레이밍도 훈련하지.'

애초에 심판이 무서워서 아예 사용할 수 없는 기술이라면 그 명칭조차 붙지 않았을 것.

베테랑이 아니더라도, 몰래 쓰든 눈치 봐 가면서 쓰든 어떻게든 방법은 있었다.

'본인이 원한 거니까, 뭐…….'

그렇게 상대방의 동의 없는 지옥 훈련을 확정지은 김신이 앉아 있는 게리 산체스에게서 경기가 펼쳐지고 있는 그라운드로 고개를 돌릴 찰나.

'응?'

같은 곳을 바라보다가 비슷한 타이밍에 고개를 돌리는 남자와 의도치 않은 눈 맞춤이 이루어졌다.

그리고 그 남자는, 눈을 찡긋하는 것으로 김신의 의심을 확신으로 바꾸어 주었다.

산체스와 별 교류가 없던 러셀 마틴을 움직인 사람.

'……은퇴하고 나면 구단주 같은 거 말고 정치인이나 하라

고 해야겠어.'

그의 이름은 데릭 지터.

속에 여우를 품은 양키스의 캡틴이었다.

◉

인터넷 그리고 SNS의 발전과 함께 인류 문화는 급격한 변화를 맞이했다.

사람들은 자신의 사진과 일상을 불특정 다수에게 공개하고, 관심을 받음으로써 창출되는 쾌감에 중독됐고.

다른 사람들을 관음하는 재미를 알게 되었다.

익명성에 기대 평소라면 할 수 없는 험한 말들을 손가락에 담기도 했고.

다른 사람인 양 몇 가지 얼굴로 활개를 치기도 했다.

이전에는 상상도 할 수 없는 방법으로 인지도를 얻는 셀럽이 등장하는가 하면.

누군가는 옛날이었으면 조용히 묻혔을 행위가 재조명되어 밑바닥까지 추락하기도 했다.

누군가는 인생의 낭비라 일컫고.

누군가는 소통의 창구라고 일컫는 SNS.

정답은 알 수 없지만, 적어도 한국의 한 남성에게 그것은 혁명과 같았다.

-와, 진짜 적이지만 인정할 수밖에 없네.

휴가까지 써 놓고 아침부터 MBS SPORTS+에서 중계하
는 로열스와 양키스의 경기를 지켜보는 남자.

-쟤가 우리 팀에 있었으면 얼마나 좋을까.
-같은 한국인이잖아. 어떻게 좀 데려올 수 없었어, 리?

그의 이름은 이형우.
아직 인터넷이 제대로 발달하지 않은 시절부터 약 20여 년.
그 긴 세월을 미국 본토에서도 인지도가 떨어지는 캔자스
시티 로열스만을 응원해 온 사나이였다.

-말이 되는 소리를 해. 내가 뭐라고 킴한테 영향력을 행사해.

그런 그에게 지금처럼 커다란 TV 화면으로 중계를 보면서
핸드폰으로 먼 타국의 동지들과 실시간 채팅을 나누는 것은
축복과도 같은 일이었다.
뻐엉-!
물론 그 TV 화면에 연신 얼굴이 잡히는 동향의 선수가 파
란 모자를 쓰고 있었다면 더 좋았겠지만.
[대단합니다! 대단해요! 우리 대한의 자랑 김신 선수!]

대한민국 야구팬들이 2013년을 기대하게 만드는 핀스트라이프의 호투에 이형우가 고개를 저었다.

'됐어. 김신이 잘 던지면 좋은 일이지. 이번에야말로 WBC 우승컵을 가져올지도 모르니까.'

그래도 로열스의 골수팬은 휙휙 지나가는 광고들을 멍하니 응시하며 마지막 심경을 입 밖으로 흘리는 것이었다.

"김신 노디시전, 로열스 승리. 이러면 참 좋겠는데."

그리고 잠시 뒤, 파트너와 달리 그의 저주를 받은 핀스프라이트가 모습을 드러냈다.

0-0, 팽팽한 스코어가 이어지는 3회 말.

선두 타자로 타석에 들어서면서 게리 산체스는 자신의 헬멧을 툭툭 쳤다.

'짜증 나네.'

물론 러셀 마틴이 얼마나 부드럽게 말해 줬는지, 어떤 호의를 보인 건지 잘 알고 있었다.

그의 말이 구구절절 옳다는 것까지.

하지만 자신이 노력하여 성취한 것을 부정당한 상황에서, 기분이 마냥 좋을 리 만무한 일.

"헤이, 루키. 금방 또 보네? 아깐 좀 서운했어. 좋은 공 좀 주지. 뭐, 내가 먼저 선배의 아량으로 한가운데 직구 하나 쌔끈하게 뽑아 줄게. 대신 다음에 나한테도 그렇게 달라고."

거기에 캔자스시티 로열스의 백업 포수, 움베르토 퀸테로가 기름을 부었다.

'그놈의 루키는 진짜…… 엿 같네.'

베테랑들은 밥 먹듯 하는 프레이밍을 그는 각별히 조심해야 하는 이유.

몇 개월 뒤에 우스꽝스러운 복장으로 거리를 활보해야 하는 이유.

그밖에도 몇몇 소소한 차별을 감내해야 하는 이유.

그게 바로 그가 루키이기 때문이 아닌가.

하지만 산체스는 이내 짜증의 대상을 바꾸었다.

'아니야. 애초에 내가 감쪽같이 했으면 상관없었을 테지.'

어쩔 수 없는 상황을 배제한, 생산적인 해결 방안 색출.

'누구한테 봐 달라고 할걸. 멍청이.'

그리고 미약한 자기혐오의 끝에서.

까드득—!

7번의 타석, 1개의 홈런과 2루타를 포함한 3안타.

현재 4할이 넘는 메이저 최고 수준의 타율을 기록하고 있는 양키스의 기대주가 방망이를 거세게 움켜쥐었다.

모든 부정적인 감정을 시원하게 담장 너머로 날려 버릴 그의 무기를.

[로열스 배터리, 신중하게 사인을 교환합니다.]

[아무리 적은 타석이라지만 확실히 산체스 선수의 방망이가 뜨겁거든요.]

[초심자의 행운 같은 것도 있지 않겠습니까?]

[그러니까 더 조심해야죠. 아직 초심자니까요.]

[하하, 그렇군요.]

한가운데 직구를 주겠다던 말과는 달리 상당히 길게 사인을 교환한 후.

마운드의 투수가 와인드업했다.

게리 산체스와는 달리 습관같이 밀려오는 불안과 자기혐오를 견뎌 내고 있는 남자가.

[루크 호체바 선수, 초구!]

그 손에서 뻗어 나온 것은.

쿠웅—!

바운드를 일으킬 정도로 낮게 제구된 커브였다.

[초구는 바운드성 커브였습니다. 게리 산체스 선수가 초구를 노리는 경향이 있다는 걸 고려한 거겠죠?]

[그런 것 같습니다만, 결과는 신통치 않군요.]

'어림없지.'

뭐든 일단 때려 부숴 버리고 싶은 마음인 건 사실이다.

하지만 게리 산체스의 타격 재능은 그런 마음에 흔들려 어림없는 볼에 배트를 낼 정도로 얕지 않았다.

여전히 방망이를 힘껏 쥔 채로, 게리 산체스는 마운드의 투수를 노려보았다.

제2구.

뻐엉—!

[이번에도 바깥쪽! 볼이군요. 2-0, 이제는 스트라이크를 던져야 할 카운트입니다.]

아래로 꺾이지 않고 쭉 뻗은 것을 제외하면, 비슷한 코스로 날아온 포심.

'바깥쪽 승부? 내 장타력을 의식하는 건가. 아니면…….'

경기 전 확인한 루크 호체바의 구종 분석 자료를 떠올리며 게리 산체스는 홈플레이트 가까이로 자리를 옮겼다.

그리고 이어진 제3구.

쐐액—!

마치 그것만을 기다렸다는 듯, 게리 산체스의 몸 쪽을 향해 독아(毒牙)가 번뜩였다.

그러나 그것은 게리 산체스 또한 염두에 두고 있던 공.

'커터!'

바깥쪽 승부로 타자를 라인에 붙이고, 몸 쪽으로 휘어져 들어오는 커터를 활용하여 그라운드볼을 유도.

'제대로 걸렸어!'

완벽하게 수 싸움에서 이겼다 생각한 게리 산체스의 방망이가 호쾌하게 바람을 갈랐다.

따악-!

하지만 게리 산체스의 손아귀에 느껴진 것은 짜릿한 홈런의 손맛이 아니라, 빗겨 맞은 타구 특유의 통증이었다.

[높게 뜹니다! 중견수 제로드 다이슨, 가볍게 처리! 원아웃!]

생각과는 전혀 다른 결과.

1루도 채 가지 못하고 그라운드에서 쫓겨난 게리 산체스는 해결할 길 없는 의문에 휩싸였다.

'뭐지? 분명 마지막에……. 젠장.'

하지만 그 의문은 영상을 돌려 보거나 투수에게 직접 물어보지 않는 한 해결할 수 없는 의문.

게리 산체스는 착잡한 심정으로 다음 타석을 기약하며 더그아웃으로 향했다.

"후우……."

그리고 그 직후, 캔자스시티 로열스의 선발 투수 루크 호체바는 선두 타자를 3구 만에 범타 처리한 투수라곤 생각되지 않는 깊은 한숨을 흘렸다.

'실투였어.'

게리 산체스의 중견수 플라이를 유도한 제3구.

그것은 명백한 루크 호체바의 실투였으니까.

정상적으로 던졌다면 더욱 꺾여야 했을 커터가 밋밋하게 들어간 덕에 거꾸로 게스 히팅에 완벽히 성공한 게리 산체스가 아웃을 당한 것.

전화위복이라 할 만한 결과였으나, 루크 호체바는 눈을 질끈 감았다 뜨며 스스로를 질책했다.

'집중하자, 루크. 더 이상 무너지면 안 돼.'

루크 호체바.

캔자스시티 로열스가 품에 안은 2006년 드래프트 1라운드 1픽.

그런 그에게 지난 5년간의 시간은 너무나 끔찍한 것이었다.

템파베이의 희망이라 불리는 에반 롱고리아, 내셔널리그에서 장군 멍군을 시전하고 있는 클레이튼 커쇼와 팀 린스컴 등.

그의 뒤에 뽑힌 1라운더들은 승승장구하고 있는데.

그는 부상과 부진에 신음하며 고작 작년 풀타임을 치렀을 뿐.

더군다나 그 풀타임 시즌도 간신히 5선발에 턱걸이할 정도의 기량을 보였을 뿐이었다.

설상가상으로 2012시즌 초반기 성적은 더욱 처참했으며, 구단의 기대도 점점 사라져 가는 상황.

여기서 반등하지 못하면 그는 더 이상 선발조차 설 수 없을지도 몰랐다.

그런 루크 호체바가 미래에 대한 불안과 내외에서 몰아치는 동기들과의 비교로 인한 자기혐오를 겪는 것은 당연지사.

그러나 그럼에도 어떻게든 견뎌 내며 비상을 꿈꾸는 남자의 의지를.

[이제 양키스의 타순이 한 번 돌았군요. 다시 1번 타자부터 시작되겠습니다.]

오늘 경기 두 번째 만남을 갖게 된 양키스의 베테랑들은, 좌시할 생각이 없었다.

뻐엉-!

[베이스 온 볼스! 브렛 가드너 선수, 1루를 걸어서 훔칩니다!]

미세한 종아리 통증으로 휴식을 택한 캡틴 대신 양키스를 이끄는 대리자, 브렛 가드너는 끈질긴 승부 끝에 볼넷을 얻어 냈으며.

따악-!

[닉 스위셔! 좌중간을 완벽히 가릅니다!]

오랜만에 상위 타순에 포진한 닉 스위셔는 강한 2번 타자의 역할을 완벽히 수행했다.

이어진 1사 1, 3루의 상황.

[위기입니다, 루크 호체바 선수!]

머지않아 천적이라고까지 불릴 검은 머리 저승사자가.

[추신서 선수와 상대 전적이 심히 좋지 못한데요!]

경기장에 강림했다.

그리고 강렬한 타격음과 함께.

따악-!

[큽니다-! 우측 담장! 우측 담장을……!]

"안 돼!"

바다 건너 반도에서 경기를 지켜보고 있던 한국인 이형우.

2012년 캔자스시티 로열스의 Fan of the year이자.

2015년 월드시리즈 우승 콜에도 언급됐던 승리 토템은 구슬피 울부짖어야 했다.

따악-!

[아악! 대한민국의 추신서 선수! 적시타! 적시타입니다!]

[오늘 완전히 날이네요, 날! 추신서 선수, 홈런에 2타점 적시타에 아주 날아다닙니다!]

[국민 여러분의 열띤 응원이 이끌어 낸 결과라고 할 수 있겠습니다!]

─캬, 이 정도면 거의 추신서 타점 자판기 수준 아니냐?

─추신서 한정 호구여, 호구 ㅋㅋㅋㅋㅋㅋㅋㅋ

─과연 추신서 한정 호구일까? 그냥 호구일까?

6회 말.

대다수의 한국 팬들이 바라는 대로 양키스는 큰 점수 차로 캔자스시티 로열스를 짓뭉개 가고 있었다.

[아, 호체바 선수. 결국 강판되고 맙니다.]

3회 말에 추신서에게 스리 런을 얻어맞고도 꾸역꾸역 6회까지 마운드를 지키던 호체바는.

다시 만난 게리 산체스에게 기어코 안타를 빼앗긴 데 이어 추신서에게 적시타까지 헌납하며 무너져 내렸고.

　　─호체바가 아니라 호구체바네 ㅋㅋ

호구체바라는 굴욕적인 별명을 원역사보다 한층 더 빨리 품에 안은 채 불펜에게 마운드를 넘겨줘야 했다.

　　─김신 오늘도 완투하나?
　　─진짜 말도 안 된다…… 9회 전에 내려간 것보다 9회까지 던진 게 더 많아…….
　　─양손으로 던지는 거 짱 좋네;

그런데.

한국 팬들이 이미 기울어진 승부보다 김신이 언제까지 던질 것인지, 또 몇 실점을 할 것인지를 두고 갑론을박을 벌이고 있을 무렵.

현지 전문가들조차 예상치 못했던 상황이 벌어졌다.

[어? 로열스뿐 아니라 양키스 불펜도 가동됩니다. 조바 체임벌린 선수가 몸을 푸는 것 같은데요?]

[맞네요. 설마 투수 교체인가요? 상당히 이른 타이밍인데요.]

[그렇습니다. 지금까지 김신 선수의 투구 기록을 보면 상당히 이례적인 상황입니다.]

[……무슨 문제가 생긴 게 아니길 바랍니다.]

이상함을 느끼고 말을 줄인 해설자의 멘트 뒤로, 수많은 채팅이 범람했다.

-???????

-설마 부상?

-개 같은 소리 하지 마라. 말이 씨가 된다 했다.

-방금 전까지 잘 던졌잖아. 이게 뭔 일이래;;

뻐엉-!

[루이스 멘도사 선수, 추가 실점 없이 이닝을 마무리 짓습니다.]

루크 호체바에게서 마운드를 이여받은 루이스 멘도사의 깜짝 호투 뒤.

[예상대로 양키스의 투수가 교체되었습니다. 조바 체임벌린 선수가 마운드에 오릅니다.]

데뷔 이후 최초로, 김신이 7회에 모습을 보이지 않았다.

☞

인간의 신체는 소모품이다.

물론 본인의 타고난 내구도와 관리에 따라 가동 시간은 달라지겠지만, 그 누구도 고장 나 가는 기계를 되돌릴 순 없으며.

그 섬세한 기계를 애지중지하기는커녕 혹사하는 스포츠 선수의 경우 당연히 평범한 사람보다 빠른 소모를 감당해야 한다.

그리고 그중에서도 가장 급격한 소모가 발생하는 직종 중 하나가 선발 투수다.

90% 이상의 성공률을 자랑하는 토미 존 서저리가 존재하는 팔꿈치를 제외한 어깨, 등, 복근, 허리, 무릎.

어디서 부상이 발생하더라도 치명적이며, 예민한 개복치와 같은 투수라는 생물이 원래 기량을 회복할 가능성은 극히 희박하다.

가장 좋은 방법은 최대한 천천히 기량이 하락하도록 하면서 선수 생활이 끝날 만한 커다란 부상을 방지하는 것.

그러기 위해서 사람들이 고안해 낸 방법이 바로 투구 수 제한이다.

이미 고교 야구나 국제 경기에서는 널리 쓰이며, 심지어 메이저리그에서도 공표는 하지 않지만 어린 유망주를 주축으로 자체 설정하는 경우가 많다.

즉, 만 19세의 투수가 6이닝 1실점으로 승리 투수 요건을 채우고 마운드를 내려가는 것이 전혀 이상한 일이 아니라는 것.

"……무슨 이상이 있는 건가, 킴?"

그럼에도 감독부터 더그아웃의 전원이 심각한 표정이 되는 것은, 그 선수가 김신이기 때문이었다.

8경기 동안 1번의 퍼펙트와 2번의 완봉, 2번의 완투.

9회까지 던지지 않은 날보다 9회까지 던진 날이 더 많은 미친 기록의 보유자.

처음에는 퍼펙트라는 대기록의 작성 탓에, 이후에는 평범한 투수와는 다른 양손 투수의 특성을 들먹이며 김신 본인이 강력히 원했기에 양키스 구단은 김신의 투구 수를 제한하지 않았고.

그것이 반복되다 보니 양키스 코칭스태프들에게 김신의 오랜 투구는 습관이 되었던 것이다.

더군다나 6이닝 동안 좋은 모습을 보이며 1실점으로 호투한 선수가 자진해서 교체를 요구했으니 걱정을 안 할 수가 없는 일.

"이상이 있다면 바로 말해 줘야 하네. 자네의 문제는 우리 모두의 문제야."

구로다 히로키의 갑작스러운 사고가 PTSD를 일으켰는지 흔들리는 눈으로 김신을 바라봐 오는 조 지라디.

그런 감독과 내색은 않지만 신경을 곤두세우고 있는 더그아웃의 동료들을 향해 김신은 어깨를 으쓱였다.

"아닙니다. 그냥 사소한 컨디션 난조예요."

물론 그것은 표면적인 이유.

김신의 현재 컨디션은 최고조에 달해 있었다.

하지만.

'굳이 더 이상 던질 필요가 없어.'

시즌 초에 최대한 이닝을 많이 먹고자 했던 건 스스로를 증명하기 위함이 컸다.

그래야 양키스의 미래에 최대한의 영향력을 행사할 수 있으리라 판단했으니까.

그러나 지금은 그 목표가 120% 충족되어 캐시먼조차 그의 조언을 허투루 여기지 않고.

그가 마운드에서 똥이라도 싸지 않는 한 로스터에서 제외될 일은 없어진 상황.

아니, 똥을 싸더라도 공만 잘 던지면 마운드에 계속 세울지도 몰랐다.

'승리 투수 요건도 채웠고…… 기록도 날아갔으니.'

6회 초, 볼넷과 2루타로 1실점을 하면서 퍼펙트와 노히터는 날아갔고.

큰 점수 차로 이기고 있는 데다 부상을 회피한 양키스의 불펜은 철벽이니, 그가 더 이상 던질 필요가 없었던 것.

'다음 경기를 준비하는 게 이득이지.'

바짝 서 있는 컨디션이 아깝긴 하지만, 어차피 오늘 경기는 평범한 페넌트레이스 경기.

바로 다음으로 다가온 빅게임을 위해 김신은 잠시 쉬어 가는 것을 택했다.

아무리 스위치 피처라고 해도 소모가 없는 것은 아니었으니까.

"정말인가?"

"하늘을 우러러 한 점 거짓도 없습니다. 못 믿으시겠으면 컬럼비아 대학병원에 방문해서 검사를 받도록 하겠습니다."

"⋯⋯좋아. 그렇게 하게."

그것으로 사심까지 채울 수 있었으니 더더욱 안 할 이유가 없었다.

"조바 체임벌린으로 가지."

불펜으로 향하는 직통 전화를 부여잡는 조 지라디의 모습을 일별하며 김신은 행복한 상상에 빠져들었다.

'기다렸다가 같이 병원으로 갈까?'

논란이 일긴 하겠으나, 딱히 신경 쓸 정도는 아니리라고.

김신은 그렇게 생각했다.

＊

캔자스시티 로열스와 뉴욕 양키스의 2차전 경기는 모두의 예상대로 양키스의 낙승으로 끝이 났다.

조바 체임벌린-라파엘 소리아노-마리아노 리베라로 이

어지는 필승조가 뒷문을 단단히 걸어 잠근 채 리드를 내주지
않았음으로 김신 또한 승리 투수를 거머쥐었음은 당연한 일.

하지만 김신의 조기 교체로 인한 논란은 양키스 커뮤니티
에서 활활 타올랐다.

〈김신, 컬럼비아 대학병원으로!〉
〈양키스 선발진 줄 부상?〉

−FUCK! 진짜야?

−호들갑 떨지 마. 그냥 검사하러 간 거라잖아.

−진짜 컨디션 난조가 있었나?

−6이닝 1실점이면 내려갈 수도 있지. 점수 차도 컸는데.

−지랄. 김신이 지금까지 어떻게 던졌는데. 오늘도 미친놈처럼 잘
던지고 있었다고. 컨디션 난조는 얼어 죽을.

물론, 그중 한 사람인 캐서린 아르민 또한.

"정말 이상 없다니까."

"나도 보여. 몸은 이상 없네."

경기장에서 병원까지, 그리고 검사를 하는 와중에도 내내
불안감을 감추지 못하던 캐서린은.

자정이 넘은 늦은 시간까지 꼼꼼히 김신의 전신을 체크한
뒤에도 계속해서 걱정을 표했다.

"정신적인 문제는 없고? 입스나 그런 거 있잖아."

"더그아웃에서 갑자기? 절대 아니야."

"그럼 왜 그런 건데!"

"진짜 사소한 컨디션 난조가 있었어. 5회부터 조금 이상하더라고."

"실점했을 때?"

"어."

"흠, 전혀 이상한 건 없었던 거 같은데……."

자신의 적극적인 항변에도 재검사까지 하겠다며 날뛰는 캐서린의 모습을 바라보며.

김신은 충동적으로 한마디를 내뱉었다.

"그냥 널 보고 싶어서 그랬어."

"……응?"

김신의 돌직구에 정지 버튼을 누른 것처럼 녹다운된 캐서린.

'미친?'

스스로도 입 밖으로 튀어나온 말에 놀랐지만, 김신은 이내 지난 생에 하지 못했던 그것을 행동으로 옮겼다.

"큼큼, 어차피 승리는 거의 확실하고 컨디션 난조도 있어서 더 던지기 좀 그랬거든. 그 김에 너 보려고 교체해 달라고 했다고."

"……."

"이제 우리 호칭 정리 좀 할까?"

"나, 나 잠깐 화장실 좀 갔다 올게!"

한번 떼기 시작하니 점점 거세게 박동하는 혈류와 달리 김신의 혀는 매끄럽게 돌아갔고.

말까지 더듬으며 터질 듯 붉어진 얼굴로 도망을 치려던 캐서린의 시도는 곧바로 뻗어진 김신의 커다란 손에 좌절되었다.

김신은 그렇게 캐서린의 손목을 꽉 움켜쥔 채.

"이런 말 하기 낯간지럽지만, 영화에서 이렇게 하더라고."

"……?"

언젠가부터 기억 속에 선명히 남게 된 명대사를 읊었다.

"You complete me."

"그, 그, 그게 뭐야!"

"왜? 싫어?"

"……."

잠시 뒤, 평소보다 조금 무거워진 자동차 하나가 병원을 빠져나갔다.

"오, 오늘 경기 했는데 이래도 돼?"

"문제없어."

그리고 또 잠시 뒤.

기회를 얻은 김신의 팔팔한 육체가 그 어느 때보다 자신의 강건함을 과시했다.

기본적인 운동신경과 체력, 피지컬을 갖춘 사람이라면 어떤 운동을 접하든 기본 이상은 하게 마련이다.

거기에 지치지 않는 체력을 부여하는 젊음과 쓰러지려던 몸도 다시 일으켜 세울 수 있는 강력한 동기부여까지 추가된다면?

그야말로 금상첨화.

선발 등판이라는 고된 행위에도 불구하고.

해가 뜰 때까지 색다른 운동을 '뛰어나게' 수행해 낸 김신은 평소보다 한참 늦은 시각에 눈을 떴다.

"끄응."

몸은 너무 무리했다며 알싸한 통증으로 그를 타박했지만.

코끝을 감도는 향기에 저항하지 못하고 사라져 버렸고.

―출근 때문에 먼저 가. 훈련 열심히 해.

남아 있는 캐서린의 문자는 그의 입가에 미소를 새겨 넣었다.

'몸이 젊어져서 그런가, 요즘 많이 충동적이네.'

침대에 누워 조그마한 핸드폰 화면을 슥슥 넘기면서, 김신은 어제의 자신을 회고했다.

어제는 물론이거니와 얼마 전 토크쇼까지.

과거라면 상상하기 어려운 충동적이고 저돌적인 면모가 그곳에 있었다.

'뭐, 나쁘지 않아.'

근데 그래서 어쨌단 말인가.

그것들이 가져온 결과가 최상 중에서도 최상인 것을.

복잡한 생각은 저 멀리 치워 버리고, 곧 들이닥친 달콤한 기억들에 실실 웃음을 흘리던 중.

김신의 눈동자가 습관적으로 들어간 포털사이트 상단에 걸린 기사들로 고정됐다.

⟨김신 이상 무!⟩

⟨한숨 돌린 양키스, 갠자스시티와의 3차전 준비 중⟩

그것은 양키스 프런트가 팬들을 안심시키기 위해 부랴부랴 배포한 보도 자료였다.

의사의 소견과 김신의 현재 상태가 간략하게 서술된 기사의 하단부, 김신에게 향하는 관심을 증명하듯 수많은 댓글이 자리하고 있었다.

–휴, 다행이다.

–그럴 줄 알았지! 앞으로도 파이팅!

－그냥 더 나오지 말지…….

－질투냐? 추하다.

－너넨 김신 없지? 우린 있다 :)

잠시간 몇 개의 댓글을 확인한 뒤, 김신은 그럼 그렇지 하는 끄덕임과 함께 대중의 관심보다도 더욱 신경 쓰이는 번호를 눌렀다.

－……일어났어?

스피커에서 흘러나온 것은, 어색함을 숨기지 못하는 귀여운 목소리.

"응, 지각 안 했어?"

－다행히 아슬아슬하게 들어왔어.

"피곤하진 않고?"

－그걸 말이라고 해? 당연히 피곤하지. 어제 얼마나…….

말을 잇지 못하는 캐서린의 반응에, 김신은 또다시 터져 나오려는 흐뭇한 미소를 참아야 했다.

그사이, 심경을 추스른 캐서린은 김신에게 엄숙히 고했다.

－앞으로 조심, 또 조심해야 해. 절대 들키면 안 돼.

그 이유를 알고 있으면서도 김신은 장난스레 물었고.

"왜? 난 딱히 숨기고 싶지 않은데."

－그럼 내가 경기장에 못 가잖아! 절대 안 돼!

예상대로의 반응에 이제는 참기 힘들어진 웃음을 토해 냈다.

"하하하! 알았어, 알았어. 각별히 조심할게."

–진짜 조심해야 해! 나 야구장 못 가게 되면 너⋯⋯.

"너? 호칭이 뭔가 이상한데? 다시 해 봐."

–⋯⋯.

그러나 두 사람이 꽁냥꽁냥한 대화를 이어 가고 있을 찰나.

우우우웅–!

김신의 핸드폰이 누군가 그를 애타게 찾고 있음을 알려 왔다.

"미안, 잠깐만. 이따 다시 연락할게."

발신자는 그의 에이전트 헤빈 디그라이언.

전화하기 전 항상 정중히 문자를 보내는 그의 습관을 생각 하면, 무언가 중요하거나 급한 일이리라.

그래도 이제 막 타오르기 시작한 연인과의 통화를 끊게 한 데 대한 반감이 없을 순 없는 노릇.

감정이 조금 섞인 김신의 목소리가 전화기를 타고 흘러나 갔다.

"뭐죠?"

하지만 그것을 눈치채지 못한 건지, 아니면 일의 사안 때 문인지 헤빈의 목소리는 다급했다.

–후, 킴. 혹시 기사 보셨습니까?

"기사요? 봤죠. 별일 없던데요?"

–별일 없다고요?

김신의 답변에 반문하기도 잠시.

-지금 다시 보시죠.

이내 뭔가를 깨달은 듯한 헤빈의 대답에 다시금 기사를 확인한 김신의 눈에.

〈김신 이상 무!〉

〈한숨 돌린 양키스, 캔자스시티와의 3차전 준비 중〉

"별다를 거 없……."

아까까지는 없던, 있어서는 안 될 기사가 박혀 들었다.

〈미모의 금발 여성은 진실? 김신, 비밀 데이트 현장 포착!〉

"……지 않네요."

103

⟨양키스, 캔자스시티와의 시리즈서 패배⟩

김신의 등판 다음 날, 뉴욕 양키스와 캔자스시티 로열스의 3차전 경기는 캔자스시티 로열스의 승리로 돌아갔다.

본디 2014년 캔자스시티의 월드시리즈 로스터 한 자리를 차지했을 양키스의 백업 외야수 제이슨 닉스.

2루수 자리에 선 그가 두 개의 실책으로 캔자스에 헌신한 것이었다.

─최근 경기 보니까 가관이네. 이반 노바, C. C. 사바시아, 앤디 페티트 싹 다 졌잖아? 믿을 건 김신뿐이다.

-필 휴즈는 이겼는데 왜 빼냐?

　-걔는 어쩌다 한번 긁힌 거고.

　-요즘만 보고 판단하는 클라쓰;; 안 긁힐 때도 있는 거지.

　-응. 김신은 매일 긁힘.

　그러나 패배에 애석해하는 일부 양키스 팬들을 제외하면,
인터넷은 다른 주제로 시끄러웠다.

　〈김신, 데이트 현장 발각!〉
　〈김신의 그녀는 누구?〉

　애초에 6이닝 1실점 교체가 문제가 된다는 것부터가 이상
한 일이다.

　의사 소견까지 공개된 마당에 더 이상 문제가 되는 일은
없을 거다.

　……라고 생각했던 김신의 예상은 완벽하게 빗나갔다.

　오랜 역사와 전통을 지닌 미국 파파라치들의 과감성과 행
동력을 간과한 것.

　공공장소에서의 촬영이 합법인 미국의 법제상, 김신의 열
애설은 그 어떤 제재 없이 일파만파 퍼져 나갔다.

　-미모의 금발 여성이 진짜였어?

−역시 스캔들은 블론디지.

−남자구먼, 남자야.

−이제 프로 데뷔한 지 얼마나 됐다고 벌써 스캔들이냐? 근본이 글러 먹었네.

−부럽냐? 야구 선수도 사람인데 연애도 하고 하는 거지. 부러우면 너도 만나.

다행히 헤빈 디그라이언의 발 빠른 행동 덕에 캐서린의 신상은 '공식적'으론 공개되지 않았지만.

저녁 경기마다 출근 도장을 찍는 그녀의 특성과 집, 경기장, 병원만을 출입했던 김신의 과거 탓에 헤빈의 조치는 별다른 소용이 없었다.

−팀 닥터라던데?

−금발 미녀 팀 닥터? 캬아~!

−달려드는 애들 많을 텐데 의사면 선방했다.

스멀스멀 퍼져 가는 소문.

〈단독 보도! 메이저리거 K모 선수의 아버지, 컬럼비아 대학 병원 근무?〉

그것은 김신의 아버지인 김성욱 교수에게까지도 닿았다.

하지만 거기까지.

"좋아? 좋냐, 이 자식아?"

"이제야 좀 사람 같구먼."

게리 산체스를 필두로 한 팀 동료들의 짓궂은 놀림과.

　－그냥 사인이나 좀 받아 달래.

오랜 양키스 팬들의 무수한 사인 요청.

　－그래, 닥터 아르민…… 아니, 아르민 여사랑은 언제 격식 차려서 방문할 거냐?

김신의 연애에 지대한 관심을 가진 김성욱 교수의 독촉을 제외하면.

김신의 생활은 생각보다 크게 달라지지 않았고.

　〈뉴욕 양키스 VS LA 에인절스 1차전, 김신 선발 등판!〉

그사이 시간은 착실히 흘러, 5월의 마지막 경기가 도래했다.

LA 에인절스. 팀명 앞에 미국 제2의 대도시인 로스앤젤레스가 붙어 있긴 하지만, 정확히 따지자면 로스앤젤레스의 광역권 안에 있는 소도시 애너하임에 연고지를 둔 팀.

물론 그렇다 하더라도 옆에 있는 다저스와의 비교를 피할 수 없다는 건 상수였고.

최다 신인왕과 최다 사이 영, 최초의 흑인 선수 재키 로빈슨, 최초의 아시아 선수 노모 히데오, 그리고 한국의 전설 박찬후까지 뛰었던.

양키스와 선두를 다투는 메이저리그 최고의 명문 구단에 언제나 밀려 왔다.

2002년 와일드카드로 진출하여 월드시리즈를 거머쥔 깜짝 우승 이후.

7년간 5번의 지구 우승을 이루면서 슬슬 다저스와 비슷한 높이로 올라서려는가 싶다가도.

몇 번의 계약 실패와 잘못된 선수 기용 등으로 암흑기를 맞이하게 되는 팀.

이미 4월 초 홈 데뷔전에서 한번 제압한 바 있는 그 팀과의 경기를 앞두고.

뻐엉-!

김신은 그 어느 때보다도 진지한 모습을 보이고 있었다.

뻐엉-!

벌써 세 번이나 드러난 김신의 빅게임 모드를 알아본 게리 산체스는 '또냐?' 하는 심정으로 김신에게 공과 함께 물음을 던졌다.

"오늘은 또 뭔데."

파트너인 자신이 묻지 않으면 누가 묻는단 말인가.

얼마 전 러셀 마틴이 했던 이야기처럼, 포수에게 중요한 것은 야구를 잘하는 것만이 아니니까.

"그냥."

"푸홀스 선수 때문이야?"

"아니야."

김신의 첫 피홈런을 앗아 간 리빙 레전드, 알버트 푸홀스가 아니라면 가능성이 있는 건 딱 하나.

얼마 전 만난 연인과 문제가 생긴 것이리라.

게리 산체스는 그렇게 생각했지만, 그것을 입 밖으로 담는 눈치 없는 짓을 저지르진 않았다.

묻는 건 묻는 거지만 그렇다고 또 꼬치꼬치 캐물을 정도는 아니었으니까.

"그래, 알았다. 던져."

김신과 상당히 가까워진 것도 맞고, 파트너로서 그를 챙기는 게 당연한 일인 것도 맞다.

'누가 누굴 챙겨.'

김신은 평범한 투수가 아니었다.

현재까지 등판한 모든 날이 긁히는 투수.

승리를 약속하는 최고의 보증수표.

갓 데뷔를 치렀다는 건 같지만 그가 김신을 챙긴다는 건 고약한 난센스 같다고.

'알아서 잘하겠지.'

게리 산체스는 속으로 그렇게 뇌까리며 더 캐묻지 않고 순순히 공을 받았다.

뻐엉-!

"여기까지 하자."

"어."

그렇게 김신의 마지막 준비가 끝남과 동시에 시간이 다가 왔다.

아주 오랜 시간, 어쩌면 커리어가 끝나는 그날까지도 치열하게 맞붙을, 가장 강력한 적수와의 조우가.

'마이크 트라웃.'

김신은 그 선수의 이름을 되뇌었다.

◠

누군가의 커리어 로우가 누군가의 커리어 하이다?

그건 비일비재한 일이다.

평범한 메이저리거의 커리어 로우는 준수한 마이너리거의 커리어 하이니까.

하지만 누군가의 커리어 로우가 메이저리그 MVP급이라는 말도 안 되는 일이 가능할까?

[레이디스 앤 젠틀맨! 웰컴 투 메이저리그! 오늘은 뉴욕 양키스와 LA 에인절스의 1차전 경기로 찾아뵀습니다!]

이제는 여름이 코앞이라는 것을 확연히 알 수 있는 온기가 감도는 저녁, LA 에인절스의 홈구장 에인절 스타디움 오브 애너하임.

[4월 초에 있었던 지난 첫 번째 격돌에서는 양키스가 3전 3승을 거두었습니다. 똑같은 일을 되풀이하지 않기 위해, 에인절스 선수들은 오늘 이를 악물고 뛸 거예요!]

[물론입니다. 하지만 그렇다 하더라도 에인절스가 웃을 수 있을지는 모르겠군요. 오늘 양키스의 마운드를 지키는 선수는 김신이니까요.]

[그렇습니다! 양키스의 선발 투수는 전승의 사나이, 김신 선수입니다!]

홈팀의 1회 초 수비를 위해 그라운드에 서 있는 선수들의 면면이 김신의 시야에 들어왔다.

그의 기록지에 첫 피홈런을 새겨 준 알버트 푸홀스.

키스톤 콤비 하위 켄드릭과 에릭 아이바.

지난번엔 만나지 못했지만 5월 말, 뜨거운 타격감을 자랑하고 있는 마크 트럼보.

[그에 맞서는 에인절스의 선발 투수는 제러드 위버 선수입니다. 바로

며칠 전 노히터를 기록한 에인절스의 에이스죠?]

[맞습니다. 이번 시즌 5년짜리 계약을 체결한 이후 꾸준히 좋은 모습을 보이고 있습니다. 오늘 경기에서 에인절스가 승리하기 위해선, 제러드 위버 선수의 호투가 필수적이에요.]

그리고 오늘 그와 정면 대결을 할, 에인절스의 에이스.

5월 12일 기록한 노히터의 기세가 거세게 타오르고 있는 제러드 위버까지.

그러나 김신의 눈은 단 한 명에게 못 박혔다.

자신의 주 보직이 아닌 좌익수에 서 있는 허여멀건 남자.

마이크 트라웃.

'누군가의 커리어 로우가 메이저리그 MVP급이라는 말도 안 되는 일이 가능할까?'

라는 질문의 가장 완벽한 대답.

야수가 필요로 하는 5가지 능력인 파워, 스피드, 컨택, 수비, 어깨를 모두 갖춘 이상적인 5툴 플레이어.

2012년 첫 풀타임 시즌을 치른 이래 2016년까지 5년 동안 2회의 MVP와 3회의 MVP 2위를 이루어 낸 미친 타자.

[그리고…… 오! 마침 카메라에서 잡아 주네요. 에인절스의 타선을 이끌고 있는 두 루키가 보입니다! 김신 선수와는 오늘 첫 만남을 가지겠군요.]

[그렇습니다. 이번 경기 각각 좌우 외야를 책임지고 있는 두 루키, 마이크 트라웃 선수와 마크 트럼보 선수가 얼마나 해 줄 수 있을지도 중요

한 부분이죠. 재밌는 건 둘 다 이니셜이 M. T.예요, 하하.]

그것으로 끝이 아니다.

이후로도 3회의 MVP를 추가로 거머쥐며 베리 본즈가 약물로 작성한 것을 제외한 대부분의 기록을 갈아치우고.

2027년 마침내 팀을 메이저리그 정상에 올렸으며.

[특히 마이크 트라웃 선수는 지난 한 달간 루키라곤 믿을 수 없는 정상급 활약을 보였습니다. 어쩌면 김신 선수의 신인왕을 위협할 수 있을지도 모릅니다.]

[아무리 그래도 그건 조금 억측인 것 같군요.]

김신이 되돌아온 미래, 명실상부 역사상 최강의 타자라 불리던 남자.

2032년까지도 김신에게서 홈런을 뺏어 냈던 사나이.

'다시 만나 반갑다.'

김신이 그를 바라보며 전의(戰意)를 불태우는 순간.

[나우 배팅, 넘버 2! 데릭- 지터!]

장내 아나운서의 외침과 함께.

미래 전설이 될 두 선수의 역사적인 초견(初見)의 시작을 열, 과거의 전설이 모습을 드러냈다.

[경기 시작됩니다! 제러드 위버 선수, 초구!]

제러드 위버가 선택한 것은 바깥쪽 포심 패스트볼.

90마일 초반밖에 되지 않는 그 공에 데릭 지터의 방망이가 돌아갔다.

따악-!

하지만 아무리 90마일 초반의 공이라도 그렇게 쉽게 맞아 나갈 거라면 한 팀의 에이스라 불릴 자격이 없는 법.

[라인 벗어납니다. 파울!]

기분 좋은 초구 스트라이크를 얻어 낸 제러드 위버가 두 번째 공을 던졌다.

뼈엉-!

초구와 비슷한 코스로 날아오다가 바깥쪽으로 휘어지는 예리한 슬라이더.

하지만 타석에 선 타자는 산전수전 다 겪은 베테랑 중의 베테랑, 데릭 지터였다.

[잘 참아 냅니다, 데릭 지터! 1-1!]

원점으로 돌아온 승부.

그로부터 제러드 위버에게는 고약한, 데릭 지터에게는 리드오프의 임무를 충실히 수행한 승부가 이어졌다.

뼈엉-!

[볼입니다! 몸 쪽 공이 살짝 벗어났습니다.]

[이건 데릭 지터 선수가 잘 봤죠.]

부웅-!

[체인지업이죠? 데릭 지터의 방망이가 헛돕니다.]

따악-!

[다시 한번 파울!]

뻐엉—!

[아, 이 공을 잡아 주지 않네요! 풀카운트!]

따악—!

[데릭 지터, 커브를 커팅해 냅니다.]

따악—!

[다시 한번 커팅! 제러드 위버, 선두 타자부터 힘겨운 싸움을 이어 나가고 있습니다.]

[상대가 그 데릭 지터니까요. 대단합니다.]

9구째 승부.

제러드 위버는 한차례 심호흡을 한 뒤 헛스윙을 이끌어 냈던 그의 위닝샷을 다시 꺼내 들었다.

리그에서 손꼽히는 수준의 서클 체인지업.

그것이 투수의 팔을 통해 세상에 태어나는 순간, 데릭 지터의 입가에 미소가 걸렸다.

'두 번까지 놓칠쏘냐!'

긴 승부를 펼치다 보면 투수도 자신이 가진 선택지를 대부분 소모하게 된다.

그리고 그러다 보면 가장 자신 있어 하는 위닝샷, 결정구를 구사하게 되는 것은 왕왕 있는 일.

경기 전 확인한 자료로. 그리고 그가 지금까지 겪어 왔던 경험으로.

서클 체인지업이 오리라는 것을 반쯤 확신하고 있던 데릭 지터의 방망이가 부드럽게 흘러내렸다.

따악-!

[제대로 잡아당긴 타구! 좌측! 큽니다!]

게스 히팅의 완벽한 성공.

그의 타구는 좌측 담장을 향해 쭉쭉 뻗어 나갔다.

'좋아.'

팔을 타고 올라오는 짜릿한 손맛에 홈런을 확신한 데릭 지터는 1루로 질주하며 입가에 더욱 깊은 미소를 만들었다.

9개의 공을 보고 홈런. 선두 타자로서는 더할 나위 없는 성과였으니까.

하지만 투수의 속내는 꿰뚫어 보았던 그도, 루키가 펜스를 밟고 날아오를 것이라고는.

"아웃!"

"⋯⋯?"

그리하여 그의 홈런을 훔쳐 낼 것이라고는.

[마이크 트라웃-! 날았습니다, 날았어요! 언빌리버블!]

[환상적입니다! 올해의 수비에 뽑힐 만한 멋진 수비!]

상상조차 하지 못했다.

[에인절스의 루키, 마이크 트라웃이 양키스의 캡틴, 데릭 지터의 홈런을 훔쳤습니다!]

지난 생, 수도 없이 보았던 영상과 한 치 오차 없이 똑같은 광경.

그라운드에서 유일하게 그것을 걱정했던 김신의 고개가
절레절레 저어졌다.

'역시 괴물이야.'

프로야구 리그를 가진 나라의 국민이라면 누구나 한 번쯤
은 탄성을 자아내는 수비 장면을 본 적이 있을 것이다.

그것이 길거리에서건, 뉴스에서건.

이를테면 '메이저리그 역대급 수비'와 같은 제목을 가진 영
상들 속에 나오는 그런 장면을.

물론 내야와 외야를 가리지 않고 환상적인 수비 장면은 많
지만, 그중에서도 대부분의 사람이 딱 봤을 때 입 밖으로 목
소리를 내게 만드는 것은 내야 수비다.

왜냐? 그만큼 화려하고 역동적이니까.

글러브만 튕겨서 공을 빼 내고, 그 공을 맨손으로 캐치하
는 것도 모자라 달려드는 주자를 피해 레이저같이 쏘아 내는
가 하면.

온갖 아크로바틱한 자세로 간신히 공을 잡고도 마치 등 뒤
에 눈이 달린 것처럼 정확한 택배 송구로 1루수에게 도달한다.

그에 비해 그저 달려가서 다이빙 캐치를 하거나, 짐짓 쉬
운 듯이 펜스를 밟고 뛰어오르는 외야 수비 장면은 '이게 여

기 왜 뽑혔지?' 하며 고개를 갸웃하게 만들지도 모른다.

그러나 알 만큼 아는 팬이나 관계자들은 외야 수비 장면에
도 진한 감탄사를 뱉어 낸다.

아니, 역동적인 내야 수비보다도 더한 감탄사가 흘러나올
때도 있다.

"어후, 저게 잡히냐."

"그러게. 1회부터 리드 잡고 가나 했더니."

"캡틴도 깜짝 놀란 거 같은데?"

그 첫 번째 이유는 바로 '영향력'이다.

물론 내야 수비가 영향력이 없다는 말이 아니다.

더블플레이로 한 번에 2아웃을 엮어 내고, 파울 타구를 잡
아 예상치 못한 아웃을 만들어 주는 내야수들의 헌신은 물론
박수 받아 마땅하다.

1점도 주지 말아야 할 타이트한 상황에서는 내야 수비의
영향력이 폭증하기도 하고.

하지만 조금 냉정하게 말하자면.

대다수의 내야 수비 실패나 실책은 당장의 대량 실점으로
연결되는 경우가 생각보다 많지 않다.

주자에게 베이스를 하나씩 더 허용하기에 실점 '위험성'이
커질 뿐.

그런 반면 외야 호수비란 장타를 억제하는 수비다.

왜 좌타 거포에 감독들이 그리 환장하는가.

왜 현대 야구로 갈수록 장타의 중요성이 커지는가.

그것은 누상에 주자가 하나만, 아니, 한 명도 없어도 실제적인 득점을 올릴 수 있는 장타의 가치를 알기 때문이다.

그러니 자연히 그 장타를 억제할 수 있는 외야 호수비에 눈길을 빼앗길 수밖에 없는 것.

그리고 두 번째 이유는, 일견 쉬워 보이는 그 수비가 얼마나 어려운 것인지 잘 알기 때문이다.

"10피트도 넘게 뛰어오른 거 아냐?"

말도 안 되는 수비를 해 낸 루키를 바라보며 양키스 더그아웃에 남아 있던 선수들이 입을 벌렸다.

그러나 선수들의 입에 파리가 지나가도록 만든 건 해설 위원이 날아올랐다고 표현할 만한 점프력뿐만이 아니었다.

"난 그것보다도 저기까지 따라간 게 더 놀랍다. 스피드가 80점이라고?"

펜스까지 날아가는 공을 따라 드넓은 외야를 질주, 선수를 평가하는 20-80 스케일에서 메이저리그 최고 수준을 뜻하는 80점을 획득한 폭풍 같은 스피드.

좌타자가 아닌 우타자임에도 1루까지 평균 4초 미만을 끊어 내는 그것은 스피드 하나만으로도 메이저에서 살아남을 만한 재능이었다.

현재 대기 타석에 서 있는 남자의 그것처럼.

"흠, 꽤 빠른데."

2010년과 2011년. 2년간 100개에 가까운 도루를 만들어 낸 양키스 최고의 스피드 스타, 브렛 가드너는 턱을 쓰다듬으며 놀라운 수비를 해 낸 루키를 쳐다보았다.

'타격 재능도 수준급이라고 했었지?'

경기 시작 전 확인한 전력 분석 자료.

그것에 따르면 마이크 트라웃이라는 저 루키는 스피드는 물론 나머지 4툴도 준수한 수준이었고.

그것은 곧 메이저리그에 군림하는 또 한 명의 괴물이 될 '가능성'이 크다는 걸 의미했다.

'미래가 기대되는군.'

하지만 거기까지.

[나우 배팅, 넘버 11! 브렛 가드너!]

장내 아나운서의 호명과 함께, 브렛 가드너는 배트 링을 빼고 타석으로 걸음을 옮겼다.

2005년 드래프트 3라운드 전체 109번.

1~108번까지. 그의 앞에 뽑힌 선수들 중 지금도 확실히 그의 앞에 있다고 할 만한 인물은 그야말로 한 줌.

[2번 타자 브렛 가드너 선수가 타격을 준비합니다.]

기어코 살아남아 자신을 증명해 낸 남자가 거세게 방망이를 휘둘렀다.

따악-!

"어이, 땅볼."

"삼진이 할 소리냐?"

"그래도 나는 다섯 개나 공을 던지게 했다고. 넌 한 개잖아."

"방망이에 스치지도 못한 게 자랑이다. 난 감 왔어. 다음엔 칠 거야."

"그러시겠지."

땅볼, 그리고 삼진.

1회 초 기회를 살리지 못한 양키스의 2번과 3번, 브렛 가드너와 추신서가 투닥거렸다.

"그나저나 봤지? 저쪽 루키 말이야."

"어, 괜찮더라."

82년과 83년, 180과 180, 우익수와 좌익수, 선구안과 컨택을 바탕으로 높은 출루율을 보이는 플레이 스타일, 두각을 드러내기 시작한 시기, 다혈질적인 성격까지.

비슷한 점을 수없이 가진 두 선수는 추신서가 합류한 지난 4월 이래 급속도로 친해졌고, 이제는 수비하러 외야로 나가면서 만담을 나눌 정도의 사이가 된 것이었다.

그리고 사이좋게 아웃당한 오늘의 주제는 적 팀인 에인절스의 루키, 마이크 트라웃.

"넌 어쩌냐? 루키도 하는 저런 거 못하잖아."

"저 정돈 잡을 수 있지. 너야말로 어쩌냐? 넌 잡아도 못 던지잖아, 이 소녀 어깨 자식아."

"나도 2루까진 잘 던지거든?"

서로가 가진 스피드와 강견을 바탕으로 친근한 대화를 나누던 두 선수가 각자의 자리로 헤어지는 순간.

거대한 함성이 그라운드를 메웠다.

"이예에에-!"

미국에서도 가장 한인이 많다는 도시 LA.

시원한 강속구를 뿌렸던 박천후를 기억하는 LA 한인들이 바로 옆에 위치한 애너하임까지 찾아오는 건 당연한 일 아니겠는가.

"킴! 킴! 킴! 킴!"

또한 박천후가 뿌렸던 것 이상의 강속구를 뻥뻥 뿌리는 동향의 청년을 응원하는 것도.

"추! 파이팅!"

그 사이에서도 조금씩 섞여 나오는 자신의 응원을 들으며, 추신서는 마운드에 선 92라는 백넘버를 응시했다.

홈런성 타구가 호수비에 막힌 뒤 땅볼과 삼진으로 이닝 종료.

자칫 가라앉을 수 있었던 분위기를 아무 일도 없었다는 것처럼 등장만으로 바꿔 낸 남자를.

'오늘도 편히 쉬게 해 달라고, 후배님.'

[1회 말, 에인절스의 공격은 바로 전 좋은 수비를 보여 준 마이크 트라웃 선수부터 시작하겠습니다!]

각 팀의 관심을 독차지하는 뜨거운 두 루키가 서로를 마주했다.

한 선수가 메이저리거가 됐다 함은, 그 선수가 기술적으로 어느 정도 완성됐음을 뜻한다.

수많은 마이너 구단들을 거쳐 오면서, 또는 대학 시절에, 또는 이미 고등학교 시절에 자신만의 폼(Form)을 만든 채 메이저에 입성하는 것이다.

이는 물론 그 정도의 완성도가 아니라면 메이저에 입성할 수 없기 때문이기도 하다.

하지만 '어느 정도' 완성돼 있다고 해서, 그것이 그 자신에게 완벽히 맞는 폼일까?

당연히 아니다.

또한 인간은 기계가 아니므로, 19세의 선수 A와 29세의 선수 A와 39세의 선수 A에게 맞는 폼이 다른 것은 자명한 진리이다.

그러나 폼을 수정한다는 것은 아무리 변화에 대한 거부감이 적은 사람이라도 쉽지 않은 일이다.

이미 메이저리그 입성이라는 성공을 가져다준 자신의 보검에 정성스러운 기름칠은 할 수 있을지언정, 갑자기 이상한 보석 같은 걸 박을 수는 없는 노릇 아니겠는가.

하지만 할 수밖에 없다.

나이든 부상이든 그 어떤 이유에서이건 약점이 생기면 보완해야 하는 것, 그것이 프로이니까.

때로는 원래의 폼이 가져다주었던 성공의 기억과 싸우고.

때로는 새로운 폼이 선사할 미래의 공포와 싸우면서도.

불빛 하나 없는 망망대해를 조각배 하나에 의지해 횡단해야 하는 것이다.

김신의 시야에, 그런 행위를 20년 넘게 반복했던 강인한 남자가 가득 찼다.

[나우 배팅, 넘버 27! 마이크 트라웃!]

제 몸에 딱 맞는 듯 자연스럽게 취하는 타격 자세.

김신은 그 모습에 격세지감을 느낄 수밖에 없었다.

'확실히 달라.'

과거 김신이 만났던 마이크 트라웃은 이미 그가 가진 수많은 재능 중 대부분을 잃어버린 상태였다.

남은 것은 오직 파워 하나뿐.

그러나 그는 포기하지 않았다.

파워밖에 없다면, 파워만으로도 가능하게 하면 되지 않겠는가.

그 결과, 말년의 트라웃은 극단적으로 장타만을 노리는 파워 히터로 변신했고.

'그 나이에 홈런왕이라니.'

2029년, 만 38세의 나이로 리그 최고의 파워 히터가 되어 홈런왕 타이틀을 목에 걸었다.

—난 야구가 정말 좋아, 미치도록. 너도 그렇지, 신?

20년 뒤의 그 질문에 답변하면서.

'물론이지.'

2029년, 만 37세의 나이로 사이 영을 차지했던 파이어볼러가 왼팔을 치켜들었다.

[김신 선수, 이번 경기 첫 피칭을 좌완으로 시작합니다.]

"흐읍—!"

그리고 그 높이 들린 팔이 채찍처럼 대기를 후려쳤다.

뻐엉—!

"스트라이크!"

바깥쪽으로 빠지는 볼인 듯 날아오다 존 한복판으로 꽂히는 백도어 슬라이더.

트라웃은 방망이를 움찔하기만 할 뿐, 결국 그대로 카운트를 헌납했다.

[대담하군요, 김신 선수. 트라웃 선수로서는 상당히 아까운 공이겠습

니다.]

데뷔부터 은퇴까지, 마이크 트라웃은 주변의 수많은 조언에도 초구를 지켜보는 습관을 고치지 않았던 고집쟁이였다.

거기에 1회 선두 타자로 나서는 루키에게 코치진이 주문했을 공을 최대한 많이 보라는 말.

성실한 루키 트라웃의 뇌리에 그 말이 스쳐 지나갈 찰나의 시간, 그 시간이면 이미 김신의 고속 슬라이더가 존을 관통하기에 충분한 시간이었다.

당연히 한번 당한 트라웃의 뇌리에서 이제 코치진의 주문이나 본인의 루틴 따위는 사라졌겠지만.

[김신 선수, 곧바로 제2구!]

김신에게는 아직 카드가 여러 장 남아 있었다.

부우웅-!

"스트라이크!"

[101마일! 워후! 이번에는 아주 화끈한 공이 들어왔습니다.]

몸 쪽 하이 패스트볼.

오직 과거에서 돌아온 김신만이 정확히 알고 있는 이 시기 트라웃의 약점.

[0-2. 루키의 위기군요.]

[김신 선수도 루키인데요? 어떤 루키를 말씀하시는지?]

[……제가 실언했습니다. 김신 선수의 대담함을 보면 전혀 그렇게 보이지 않아서요.]

터억-!

거침없이 몰아쳐 순식간에 유리한 고지를 점한 것이 기쁠 만도 한데, 사냥감의 약점을 자비 없이 찌른 사냥꾼은 당연한 일인 양 조수가 건네준 덫을 엮어 던졌다.

하나는 먹음직스러운 미끼가 달린 유인구.

뻐엉-!

[바깥쪽 포심 패스트볼. 벗어납니다.]

그것으로 사냥감의 감각을 흔든 뒤.

숫돌에 백전연마한 진짜 화살이 날아들었다.

[4구째 승부!]

그것은 역회전을 받아 타자의 타이밍과 스윙 궤적을 동시에 희롱하는.

부우우웅-!

"스트라이크아웃!"

김신이 트라웃을 위해 준비한 맞춤 선물.

[체인지업입니다!]

'내가 더 좋아해, 야구.'

매순간 발전을 위한 변화를 주저치 않는 남자가 웃었다.

⊙

[체인지업? 김신 선수가 체인지업도 던질 줄 알았나요? 제 기억으론

이번 시즌 처음으로 구사한 것 같은데요!]

　[맞습니다. 정말…… 양파 같은 선수군요. 놀랍습니다!]

　투수가 새 구종을 장착한다는 것은 상상 이상의 노력과 수고가 필요한 일이다.

　매의 눈으로 피칭을 주시할 타자들을 속이기 위해선, 다른 구종과의 차이를 현격히 억제한 투구 폼이 필요했으며.

　그와 동시에 순수한 구위도 일정 이상이 되어야 새 구종을 장착했다 할 수 있었으니까.

　[지금까지 사용하지 않은 이유가 뭘까요? 애초에 던질 줄 알았다면 사용했어도 벌써 사용했어야 했는데요.]

　[글쎄요. 뭔가 문제가 있어서 조정 기간에 있었나요? 뭐가 됐든, 앞으로 김신 선수를 상대할 팀들의 머리가 아파지겠습니다.]

　자연히 그것은 기본적으로 1~2년은 잡아먹는 일.

　해설자들로서는 김신이 한 달 만에 체인지업을 장착했다는 말도 안 되는 사실을 유추할 수 없었다.

　물론, 정확히 이야기하자면 김신 또한 정말로 한 달 만에 체인지업을 구사할 수 있게 된 건 아니었다.

　'오래 걸렸다.'

　전생과 현생을 합쳐 5년.

　그동안 그토록 고련했음에도 만족스러운 체인지업을 완성하지 못했다.

　하지만 컵 안에 가득 고인 물은 단 한 방울의 물방울로도 흘러넘치고.

99도씨의 잔잔한 물은 단 1도씨의 온도 상승으로도 끓어 넘치는 법.

[나우 배팅, 넘버 13! 메이서 이스투리스!]

지난 생과 이번 생, 수많은 땀방울로 가득 차 있던 김신이라는 그릇은 펠릭스 에르난데스와의 투수전과 그렉 매덕스의 코칭이라는 계기로 흘러넘쳤다.

[김신 선수, 와인드업!]

따악―!

땅볼. 그리고 다시 땅볼.

90마일 초반. 평범한 투수의 속구와 같은 구속.

김신의 '고속' 서클 체인지업이 연신 에인절스 타자들에게서 땅볼을 생산해 냈다.

"아웃!"

―홀리…… 체인지업?

―저 정도면 60점은 받겠는데?

―ㄴㄴ 오바임. 그 정도까진 아님. 다른 구종이랑 섞어 쓰니까 언터처블로 보이는 거지.

―언터처블로 보이는 게 아니고 언터처블 맞다.

-92마일짜리 체인지업 ㅋㅋㅋㅋㅋㅋㅋ 진짜 돌았다.

충격적인 새 구종의 쇼케이스와 함께 1회를 정리하고 내려가는 김신의 모습을 바라보며, 수많은 팬이 헛웃음을 흘릴 무렵.

먼 뉴욕에서, 유일하게 김신이 쏟은 땀방울을 정확히 알고 있는 남자가 환호성을 터뜨렸다.

"그렇지!"

그의 이름은 그렉 매덕스.

주 무기인 투심이 워낙 강력했던 것에 더불어 동시대에 메이저 역사에서도 손꼽히는 체인지업을 던지던 외계인이 있었던 탓에 부각되지 못했지만.

리그를 지배할 만한 강력한 체인지업을 던졌던 남자.

하지만 천재는 훌륭한 지도자가 될 수 없다는 것을 증명하듯, 은퇴 후 제대로 된 제자를 키워 내지 못한 노인이었다.

"옛 같은 토니 그윈이라도 저건 치기 어렵지."

토니 그윈, 체인지업을 완벽하게 구분해 때려 냈던 말도 안 되는 재능을 가진 타자.

그렉 매덕스는 수없이 자신의 공을 후려갈겼던 그 재수 없는 얼굴을 떠올리며 웃었다.

92마일.

100마일에 육박하는 패스트볼을 가지고 있는 김신이기에

오프스피드 피치로 기능하지만.

김신의 고속 서클 체인지업은 따로 떼어 놓고 보더라도 0.4초 만에 홈플레이트에 도달하는 변화구.

쉽게 때려 낼 수 있을 리가 만무했다.

부우웅—!

그때, 시원한 바람 소리가 들릴 법한 큰 스윙과 함께 양키스의 5번 타자 마크 테세이라가 고개를 떨궜다.

[스윙 스트라이크아웃! 제러드 위버 선수의 체인지업이 마크 테세이라를 돌려세웁니다!]

[재밌군요. 김신 선수를 보고 불타오른 건가요? 제러드 위버 선수의 체인지업 구사 빈도가 평소와 달리 매우 높습니다.]

[투수 간의 자존심 대결이라고 봐야 할까요?]

방금까지 김신이 서 있던 마운드에서 포효하는 제러드 위버.

지금까지 다섯 명의 타자를 범타로 처리한 투수가 기세를 토해 내는 건 특별할 것 없는 일이지만, 그렉 매덕스는 안타까운 표정으로 고개를 절레절레 저었다.

"하여간 투수라는 것들은……."

그 투쟁심은 분명 아름다웠으나, 곧이어 마운드에 올라올 미친놈에게는 닿지 않을 것이 확실했기에.

부딪쳐 깨져 나갈 그 감정이 너무나 안타까웠기에.

그리고.

"미친놈."

누군가는 의미 없이 흘려보낼 짧은 시간 만에 새 구종을 평범한 메이저 투수의 주무기급으로 장착해 버린 미친놈을 보면서는, 욕지거리를 입에 담았다.

던질 때마다 숨길 수 없는 버릇을 노출하던 첫 만남이 한 달 전이라고는 믿지 못할 말도 안 되는 발전 속도.

본인은 물론이거니와 수많은 천재를 그라운드에서 직접 상대해 보았던 그렉 매덕스이기에 간신히 인정할 수 있었던 천재성.

하지만 그렉 매덕스의 얼굴에는 이내 수심의 빛이 역력히 떠올랐다.

'너무 급해.'

애초에 역회전을 만들어야 하는 서클 체인지업을 90마일 초반의 빠른 속도로 던지는 것만 해도 신체에 강력한 부하가 수반되는 일.

한데 김신은 한발 더 나아가 그것을 조절까지 하고 있었다.

더군다나 스위치 피처라는 김신의 특성을 감안하면 부상, 혹은 구속 저하의 가능성이 절대 낮다고 할 수 없는 상황.

하지만.

-조절해서 쓰면 되죠. 이상이 생기면 바로 말씀드리겠습니다.

조금 더 분석하고, 지켜보고 사용하자는 그렉 매덕스의 의견을 김신은 일언지하에 거절했다.

'뭐가 널 그리 급하게 만드는 거냐.'

회귀자를 이해할 수 없는 현대인은.

[삼진! 6번 타자 커티스 그랜더슨 선수가 결국 삼진으로 물러납니다. 2회 말, 에인절스의 공격으로 다시 찾아뵙겠습니다.]

마운드에 오를 첫 번째 제자의 모습을 떠올리며, 해결할 수 없는 의문을 곱씹었다.

따악—!

[바비 윌슨, 먹힌 타구! 데릭 지터! 가볍게 잡아서 1루에! 아웃됩니다! 양팀 모두 득점 없이 0-0!]

[양팀 선발 투수들이 에이스의 품격을 보여 주고 있네요. 이런 경기에서는 선취점이 중요한데요.]

[이제 중반으로 접어드는 만큼 곧 그 향방이 드러날 것 같습니다. 에인절스의 3회 말 공격도 득점 없이 끝났다는 걸 전해 드리며, 저희는 이만 물러가겠습니다. 경기는 4회 초로 향해 갑니다!]

3회 말을 끝으로 에인절스의 아홉 타자에게 모두 체인지업이라는 악몽을 각인시켜 주고 더그아웃으로 돌아온 김신에게 러셀 마틴이 다가왔다.

"에인절스 놈들, 체인지업에 아주 맥을 못 추는데? 고생했어."

"아닙니다. 마틴이 잘 잡아 줘서 그렇죠."

"공치사는. 그나저나, 원래 계획대로 갈 거야?"

"예, 이 정도면 충분히 보여 줬습니다. 머릿속에 체인지업이라는 선택지가 아주 크게 박혔을 테니, 이제 빈도를 낮추죠."

"좋아. 그럼 이제 우리 타자들이 점수를 내주길 바라 보자고."

깜짝 스위치 피칭을 선보였던 지난 데뷔전과는 달리 러셀 마틴은 물론이거니와 양키스 코칭스태프와 충분한 상의를 거친 끝에 체인지업을 사용한 덕에.

아주 편안하게 경기 초반을 마무리한 김신은 더그아웃에 앉아 지금까지의 투구를 복기했다.

'거의 체인지업으로 결정했네.'

그 결과는, 마이크 트라웃부터 시작해서 그가 선보인 신무기에 붕붕 방망이를 돌리던 타자들.

하지만 김신은 경기 전 세운 게임 플랜대로 체인지업의 사용을 줄이기로 재차 결의했다.

'페이스를 잃으면 안 되지. 프로페서가 울지도 모르니까, 큭큭.'

그가 체인지업을 사용하겠다고 했을 때 그렉 매덕스가 보인 반응.

삼차원 동작 분석 프로그램을 기반으로 몇 달간의 피칭 데이터를 쌓아 완벽과 안전을 추구하고자 한 그 의도는 충분히 이해가 갔다.

어쩌면 메이저 역사상 최고의 투수가 될지도 모르는 제자를 아끼는 마음까지도.

그러나 이해가 간다는 게 그대로 행하겠다는 말은 절대 아닌바.

'자신 없었으면 시작도 안 했지.'

김신이 우승에 목말라 있는 건 맞다.

언젠가 한국시리즈에서 4승을 책임졌던 어떤 투수처럼 우승을 위해 그의 미래를 일정 부분 희생할 각오까지 있는 것도 맞다.

하지만 그렉 매덕스가 모르는 40년의 인생이 있는 김신에게는, 자신이 있었다.

체인지업에 방망이를 붕붕 돌리는 타자들을 앞에 두고도 그것의 사용을 억제할 자신이.

'그리고 급한 것도 아니야.'

또 한 가지.

구속의 저하? 부상의 위험? 피칭 데이터?

그런 건 이미 2031년부터 김신의 머릿속에 모두 들어 있었다.

'물론 그때는 스위치 피처가 아니긴 했지만……'

위험성은 충분히 알고 있다.

그러나 리스크 없이 이득만 있는 선택이 어디에 있겠는가.

그러므로 남는 것은, 리스크에 주목하여 돌다리를 두드리느냐 아니면 저 건너편에 있는 찬란한 무언가를 움켜쥘 용기를 내느냐.

'구더기 무서워서 장 못 담글쏘냐.'

아슬아슬 차 있는 물 컵을 넘치게 만들 단 한 방울.

99도씨의 물을 끓게 만들 마지막 1도씨의 열.

한 단계 도약하기 위한 마지막 한 걸음.

아무도 걷지 못한 전인미답의 길을 걸어가면서도, 김신은 또 한 걸음을 내딛길 주저치 않았다.

뻐엉─!

그리고 그 선택을 응원하기라도 하듯이.

[브렛 가드너, 볼넷을 얻어 냅니다! 이번 경기 최초의 선두 타자 출루!]

[아, 좋지 않네요. 다음 타자는…….]

미래의 지휘관이 연 전장 위에, 동향의 선배가 섰다.

"홈런을 치겠다더니."

4회 초, 배터 박스에 들어선 추신서는 감을 잡았다며 호언 장담하더니 간신히 볼넷을 얻어 1루로 향한 브렛 가드너에게

핀잔을 담아 눈을 흘겼다.

그 시선을 느꼈는지 브렛 가드너는 어깨를 으쓱하더니.

'이번에도 삼진은 아니지?'

하고 입 모양으로 반격을 해 오는 것이 아닌가.

"큭큭!"

그 장난기 어린 모습에서 훤히 비치는 뉴욕 양키스의 팀 분위기에, 추신서 또한 참을 수 없는 웃음을 흘렸다.

'좋은 팀이다.'

뉴욕 양키스는 올해 초까지 그가 몸담았던 클리블랜드 인디언스와 많은 것이 달랐다.

인디언스에서는 경기 중 이런 장난 따위는 칠 겨를도, 마음도 들지 않았었다.

그가 치지 못하면 점수를 내지 못하는 팀, 이기고 있어도 항상 마음이 불안한 팀이었으니까.

하지만 뉴욕 양키스에서는 더 이상 그 혼자 고군분투할 필요 없이, 차려진 밥상에 숟가락을 얹기만 해도 승리를 쟁취할 수 있었으며.

심지어 그가 해결하지 못해도, 믿음직스러운 방망이가 여럿 뒤를 받치고 있었다.

그리고 가장 다른 건, 캡틴 데릭 지터에게서부터 풍겨 나오는 무형의 기세.

이기고 있을 때는 걱정이 되지 않고, 지고 있을 때도 어떻게든 역전할 것 같은 분위기.

김신이 돌아온 미래에는 흔적조차 없던 그것.

양키스 특유의 위닝 멘탈리티였다.

'정말 행운이야, 여기 온 건.'

이렇게 즐겁게 야구를 한 게 얼마 만인가, 자조하며.

'신이만 이상하단 말이야. 언제나 힘이 들어가 있어. 첫 시즌이라 그런가.'

게리 산체스와 대화할 때를 제외하면, 항상 심각하고 진지한 모습만을 보이는 오늘 경기의 선발 투수를 떠올리며.

추신서는 고개를 들었다.

"추! 추! 추! 추!"

"한 방 날려 버려!"

관중의 응원이 메아리치는 드넓은 그라운드 저 멀리.

1회 초 데릭 지터의 홈런을 훔쳐 냈던 좌측 외야의 루키가 보였다.

빠른 발과 준수한 타구 판단을 기반으로 한 넓은 수비 범위.

놈은 분명 그가 가지지 못한 것을 가지고 있었다.

하지만.

'그럼 다른 데로 보내면 되지!'

따악—!

추신서가 한껏 당겨 친 92마일의 포심 패스트볼이 에인절스의 우측 외야로 날아올랐다.

야구 관련 뉴스를 보다 보면 가끔 타자의 파워에 대해 논할 때 '밀어 쳐서 홈런'을 때렸다는 용어를 사용할 때가 있다.

이는 밀어 치기와 당겨 치기의 메커니즘과 밀접한 관련이 있다.

밀어 치기란 홈플레이트 근처, 혹은 타자의 뒤에서 타격이 이뤄지는 경우를 뜻하며, 필연적으로 풀스윙이 아닌 배트가 반쯤 돌아간 상태에서 타점이 형성된다.

공을 오래 볼 수 있고, 배트 컨트롤이 쉬운 덕에 변화구 대처나 단타 생산에는 용이하지만, 태생적인 한계 탓에 모든 힘을 스윙에 집약시킬 수 없다.

즉, 밀어 쳐서 홈런을 때렸다는 건 스윙에 모든 힘이 전달되지도 않았는데 담장을 넘길 정도의 파워를 가졌다는 말이다.

반면 당겨 치기는 타자의 앞쪽에서 타격이 이뤄진다.

공의 궤적을 정확히 예측해 때려야 하고, 변화구 대처도 어렵긴 하지만, 완벽히 스윙에 모든 힘을 실은 상태에서 공을 후려갈기기 때문에 장타로 연결되는 경우가 많다.

Pull 스윙이 Full 스윙을 부르는 셈.

그러한 풀스윙이 4회 초, 에인절 스타디움 오브 애너하임에 떨어졌다.

따악-!

[추신서 초구 타격!]

루크 호체바, 브론슨 아로요, 팀 린스컴, 그리고 오늘 경기의 선발 투수인 제러드 위버까지.

패스트볼 구속이 빠르지 않은 우완 투수에게 가히 저승사자와 같은 면모를 보이는 추신서의 호쾌한 타격.

육중한 근육에서 뿜어져 나온 힘이 제대로 실린 총알 같은 타구가 마크 트럼보가 지키고 있는 우측 외야로 날아갔다.

[좌측 큽니다! 마크 트럼보 뒤로! 뒤로!]

마크 트럼보는 괜찮은 선수다.

2011년 첫 풀타임 시즌을 치르면서 붙박이 주전이 되고, 신인왕 후보로 이름이 거론됐을 정도로.

하지만 그의 원래 보직은 1루수.

·콰앙―!

[펜스 직격! 마크 트럼보, 허겁지겁 달려갑니다!]

10년 2억 4천만이라는 거액을 받은 리그 정상급 1루수가 팀에 굴러들어 오면서, 갑자기 외야로 쫓겨난 그의 수비력으로는 추신서의 타구를 잡아 낼 수 없었다.

[브렛 가드너! 3루 돌아 홈으로!]

설상가상으로 1루에서 노닥거리던 주자는, 현재 에인절스의 좌측 외야를 지키는 루키에게 명함 정도는 자신 있게 내밀 수 있는 주력의 소유자.

'이 정도는 들어가야지!'

마이크 트라웃이 보여 줬던 스피드에 자극받은 브렛 가드너의 다리가 쉴 새 없이 지면을 박찼고.

이미 한눈에 보기에도 명백히 늦은 타이밍에, 마크 트럼보는 할 수 없이 2루로 공을 던졌다.

[2루 송구! 홈 승부를 포기합니다! 양키스의 선취점! 두 코너 외야수가 순식간에 한 점을 합작해 냅니다!]

[마크 트럼보 선수, 좋은 판단이에요. 자칫 홈 승부에 집착했다면 3루를 허용할 수도 있었습니다.]

[그렇습니다. 그렇게 되면 희생플라이 하나만 나와도 한 점 더 허용할 수 있었어요. 물론 지금도 위기는 계속됩니다. 제러드 위버, 4번 타자 닉 스위셔를 상대하겠습니다!]

마크 트럼보가 승부조차 포기한 덕에 여유롭게 홈플레이트를 밟은 브렛 가드너.

"휘유, 쉽네."

가벼운 휘파람과 함께 포수의 멘탈을 공격한 그는, 타석으로 들어오는 닉 스위셔에게 조용히 조언을 건넸다.

"초구 커브. 좌타석에서 당겨 봐."

"오케이."

―방금 큼지막한 걸 한 방 얻어맞은 포심을 초구에 사용하진 않을 것 같아.

―우리 미친 루키를 의식하고 있을 테니 대량 실점의 위

험이 있는 백도어 슬라이더는 쓰기 어렵지 않을까?

　-체인지업은 앞에서 주야장천 사용했으니까 꺼릴 것 같은데.

　-그럼 남은 건 커브고. 오늘 우익수가 비리비리하니까 그쪽을 노려 봐.

　-어차피 좌타석 설 거였을 테니까 딱이네.

　……이런 몇 개에 달하는 근거를 구구절절 설명하지 않아도.

　서로에 대한 믿음을 바탕으로 짧은 대화 사이에 녹아드는 팀을 위한 협력.

　'좋다. 요즘 정말 좋아.'

　2009년 우승 때도 느껴 보지 못한 끈끈한 팀워크에, 브렛 가드너는 더그아웃으로 들어가며 웃음을 흘렸다.

　그리고 팀원들과 하이파이브를 나눈 그에게 다가오는 한 사람.

　"어때?"

　브렛 가드너와 추신서, 닉 스위셔와 같이 현재 양키스의 중진을 구성하는 80년대 초반생들 중 하나. 6번 타자 커티스 그랜더슨.

　대기 타석으로 향할 준비를 하고 있던 그의 질문에 브렛 가드너가 흔쾌히 답변했다.

"아까 얘기했던 거랑 똑같아. 포심, 체인지업, 커브 다 괜찮아. 정면 승부 해야지, 뭐."

공을 일곱 개나 더 보고도 별반 차이 없는 대답에 커티스 그랜더슨이 실망감을 표할 찰나.

따악-!

공을 쪼개 버릴 듯한 타격음이 그들의 말을 끊어 냈다.

[또다시 초구가 우측으로 크게 걸립니다!]

더그아웃 모두의 눈동자를 한데 모은 그 공은.

[그리고 이번에는 넘어갑니다! 닉 스위셔의 투런 포!]

[오늘 같은 경기에서 이건 크네요.]

추신서의 타구보다 한 발짝 더 나아가, 양키스에게 2점의 추가점을 선사했다.

[3-0! 양키스의 방망이가 요즘 정말 무섭습니다!]

환호하는 선수들 사이로, 브렛 가드너는 커티스 그랜더슨의 등을 두들겼다.

"자, 홈런왕. 너도 하나 치고 와라."

"오냐."

그리고 그라운드의 빛 속으로 걸어 들어가는 커티스 그랜더슨을 잠시 응시하던 브렛 가드너는, 고개를 돌려 더그아웃 구석에 조용히 앉아 있는 남자를 바라보았다.

요즘 팀을 가득 채운 위닝 멘탈리티에 큰 지분을 가지고 있는 오늘의 선발 투수를.

따악ー!

그 뒤로, 뉴욕의 사나이들이 만들어 내는 타격음이 애너하임의 하늘을 계속해서 울렸다.

○

타순이 한 바퀴 돌 만큼 길고 길었던 4회 초는 7-0이라는 스코어와 제러드 위버의 강판이라는 결과를 남긴 채 끝을 맺었다.

빅 이닝의 시작을 알린 선두 타자 브렛 가드너의 병살타라는 아이러니한 에필로그로.

그리고 에인절스의 4회 말 공격이 시작되기도 전.

[아, 벌써부터 자리를 비우는 팬들의 모습이 군데군데 보입니다.]

빨간 유니폼을 입은 에인절스 팬들 중 일부가 자리를 뜨기 시작했다.

[……저들의 마음도 일견 이해가 가긴 합니다. 김신 선수나 마리아노 리베라 선수를 위시한 양키스 불펜이 대량 실점하는 걸 기대하긴 어려운 게 사실이니까요. 하지만 그래도 좋지 않은 행동입니다. 안타깝네요.]

[그렇습니다. 9회 말 마지막 아웃 카운트를 잡을 때까지 모르는 게 야구 아닙니까? 김신 선수나 리베라 선수도 사람이고요. 본인이 응원하는 팀과 선수들에게 악영향이 갈 만한 저런 행동은 지양해야 하겠습니다.]

[물론입니다.]

몇몇 관중의 성숙하지 못한 모습에 혀를 차던 해설 위원들은 이내 다른 쪽으로 화제를 돌렸다.

[시즌 초에 비해 양키스의 타선 응집력이 월등히 향상되었습니다. 오늘만 해도 순식간에 7점을 몰아쳤죠.]

[맞습니다. 또한 현재 양키스는 타선 응집력뿐만 아니라 양대 리그를 통틀어 최고의 팀 타율을 기록하고 있습니다. 득점권이든 아니든 방망이가 항상 뜨겁다는 거죠.]

[네, 그렇습니다. 또 특이한 점이, 자료를 보시면 추신서나 조시 도널드슨 같은 이적생들도 오히려 타율이 더욱 올라간 걸로 나온다는 겁니다. 이 같은 현상이 나타난 이유가 뭐라고 생각하십니까? 캐시먼 단장이 추진한 초반 트레이드의 성과일까요?]

[그것만으로 단정하기엔 무리가 있습니다. 짚어 주신 것처럼 이적생들의 성적도 동반 상승했으니까요. 더 신빙성 있는 추론은…….]

잠시 망설이는 듯하던 해설자는 결국 애매모호한 결론을 내놓았다.

[2011시즌과 2012시즌, 양키스의 변화를 들여다보면 유추할 수 있을 거라고 생각합니다. 물론 저 또한 양키스 선수가 아니기 때문에 확신할 순 없지만요.]

[몸을 사리시는군요.]

[하하, 민감한 사안 아닙니까.]

그리고 2800마일 밖에서 그 목소리를 듣던 데이비드 콘돌은 신랄하게 평했다.

"확신할 수 없긴 무슨. 개 같은 약쟁이 새끼들 나자빠진 거랑 캐시먼의 미친 트레이드, 그리고 캡틴의 리더십 덕분이지."

양키스의 변화가 몇 개 되지도 않는데 뭘 쉬쉬한단 말인가.

순간 탁자에 놓인 감자칩을 한 움큼 집어 입으로 가져가며 해설 위원들과 함께 씹으려던 데이비드 콘돌이 눈을 빛냈다.

"마지막으로 우리에겐 Kim-God이 생겼으니까."

몇몇 팬들에겐 벌써부터 신이라는 장엄한 칭호로 통하는 등번호 92번이 화면 안에서 모습을 드러냈다.

"와아아아아–!"

마치 홈구장에서 등판하는 듯한 한인들의 환호성과.

"저 새낀 왜 안 긁히는 날이 없어?"

그의 반대편에 선 가련한 붉은 유니폼들의 탄식 사이로.

"후우……."

그러나 7점이라는 거대한 리드가 어깨 위에 얹어졌음에도.

마운드에 선 김신의 눈동자는 1회 초와 다름이 없었다.

'요즘 확실히 타격이 좋아졌어. 앞으로 부상만 없으면 좋겠는데.'

팀의 호성적에 흡족히 고개를 끄덕이면서도 결코 경동하지 않는 자세.

1회 말과 같은 그 눈동자에 1회 말의 재연처럼 선두 타자로 타석에 들어서는 마이크 트라웃이 가득 찼다.

그리고 트라웃이 준비를 마치자마자 기다렸다는 듯 김신

의 왼팔이 움직였다.

삐엉−!

"스트라이크!"

몸 쪽 하이 패스트볼.

마치 골프채를 휘두르듯 아래에서 위로 공을 퍼 올리는 어퍼 스윙 타자에게 쥐약과 같은 것.

트라웃이 미간을 찌푸리는 모습을 확인하며, 김신은 쉴 새 없이 다음 공을 쏘아 냈고.

부우웅−!

"스트라이크!"

같은 코스로 틀어박히는 포심에 트라웃의 방망이가 다시 한번 농락당했다.

[102마일입니다! 두 번 연속으로 몸 쪽 하이 패스트볼이라니, 트라웃 선수 간담이 서늘하겠어요.]

[제구가 되지 않으면 던질 수 없는 공인데 그걸 계속 꽂아 넣는 김신 선수나, 눈 하나 깜짝 않는 트라웃 선수나…… 투타 모두 강심장입니다.]

똑같은 코스에 그대로 당한 게 마음을 어지럽히는지, 트라 웃은 한 발짝 물러서서 연습 스윙을 가져갔다.

'적어도 오늘 경기에서는 무리지.'

하지만 그런 정도로 곧바로 극복할 수 있다면 약점이 왜 약점이겠는가.

더군다나 트라웃이 몸 쪽 하이 패스트볼에 약점을 보이는 건 근본적인 스윙 궤적에 대한 문제.

아무리 그가 괴물이라도 최소한 오늘 경기에서만큼은 반드시 통하리라고.

김신은 그렇게 생각하면서도.

"흐읍—!"

힘껏 팔꿈치를 뒤틀어 마지막 세 번째 공을 선사했다.

[제3구!]

겉보기에는 앞선 두 번의 공과 같은 몸 쪽 하이 패스트볼.

완벽히 같은 폼에서 같은 코스로 쏘아지는 공에 트라웃의 방망이가 돌아갔다.

그러나 그 타이밍은 명백히 달랐으니.

정타를 확신한 트라웃의 눈동자가 빛을 발했다.

'좋아!'

마이크 트라웃에게 토니 그윈과 같이 체인지업을 구분할 수 있는 말도 안 되는 눈이 있는 건 아니었다.

그저 똑같은 레퍼토리에 당할 만한 인물이 아니었을 뿐.

그러나 그에겐 애석하게도, 김신은 마이크 트라웃이라는 걸물에게 그 정도의 능력이 있다는 걸 너무나 잘 알고 있었다.

부우웅—!

"스트라이크아웃!"

"……?"

그저 평범한 포심.

다만 구속이 '조금 느린' 포심이 마이크 트라웃의 방망이를 희롱했다.

'기분 탓인가? 나한테만 뭔가 다른 것 같은데……'

우연히 진실을 간파해 낸 트라웃이 머리를 긁적이며 더그아웃으로 향했다.

굴곡 없는 인생이 있을까?

아니, 절대 그렇지 않다.

아무리 겉보기에 그렇게 보이더라도, 자세히 들여다보면 각각의 인생에는 각각의 굴곡이 있게 마련이니까.

야구도 이와 같아서, 1869년 신시내티 레드 스타킹스라는 최초의 프로야구 팀이 출범한 이래……

1900년대 초반을 관통하는 데드볼 시대.

야구의 신, 베이브 루스로 대표되는 라이브볼 시대.

2차 세계 대전과 선수 노조의 파업, 약물로 얼룩진 스테로이드 시대 등 수많은 풍파를 겪어 왔다.

그리고 현재 2012년은, 극단적인 투고타저의 시대였다.

1990년대 후반부터 2000년대 초반, 금지 약물의 힘을 빌어 인간의 한계를 초월한 타자들을 상대하기 위해 투수들은 각고의 노력을 기울였고.

결국 약물이 아닌 노력과 재능으로 타자들을 제압하는 법을 익혔다.

그런 상태에서 약물이라는 치트가 사라져 버렸으니, 극단적인 투고타저의 시대가 찾아오는 것은 물이 위에서 아래로 흐르는 것과 같이 당연한 일.

또한 그에 맞서 타자들이 변화를 모색하는 것도 어찌 보면 당연하디당연한 자연의 섭리일 것이다.

그리고 그러한 노력의 결과로.

지금으로부터 몇 년 뒤, 타자들은 결국 답을 도출해 내어 대홈런 시대를 열어젖힌다.

그 답이 바로, '어퍼 스윙'이다.

그런데 그것보다 훨씬 빠른 시기에.

본능적으로 어퍼 스윙을 장착한 타자가 있었다.

[나우 배팅, 넘버 27! 마이크- 트라웃!]

6회 말 원 아웃 상황에서 세 번째로 김신과 마주하게 된 마이크 트라웃이 바로 그 주인공.

그러나 시대를 앞서가고 있는 그에게 오늘은 상당히 불행한 날이었다.

'이번엔 코스만 바꿔 볼까?'

상대가 어퍼 스윙의 상대법에 이골이 난 김신이었으니까.

투고타저 시대를 겪으며 타자들이 어퍼 스윙이라는 답을 찾아낸 것처럼.

대홈런 시대를 겪은 투수들이 또 한 번 변태(變態)하는 것도 자연한 일.

뻐엉—!

"스트라이크!"

하이 패스트볼.

태생적으로 커질 수밖에 없는 스윙 궤적 탓에 배트가 타구까지 도달하는 시간이 긴 어퍼 스윙의 치명적인 약점을 물어뜯는 마구(魔球).

트라웃이 지난 두 번의 대결에서 연거푸 당했던 그것이 코스만 바꿔 스트라이크존을 꿰뚫었다.

[흠음, 김신 선수가 트라웃 선수를 특별 대우하는 것 같은 건 저뿐인가요?]

[아닙니다. 저 또한 그런 느낌이네요. 우타자인 트라웃 선수를 계속해서 좌완으로 상대하는 것도 그렇고, 집요할 정도로 높은 코스를 노리고 있는 것도 그렇고요.]

[문제는 트라웃 선수가 그 코스에 계속 당하고 있다는 것이겠죠.]

[그렇습니다. 이렇게 같은 코스에 일관적으로 무기력한 모습을 노출하면, 다음에 만날 투수들이 가만히 두지 않겠죠.]

물론 머지않은 미래 무결점 타자라고까지 불릴 마이크 트라웃에게 이 정도 시련을 극복하는 것은 어렵지 않은 일일 터였다.

하지만 어렵지 않다고 해서 결코 단기간에 해치울 수 있는 쉬운 시련은 또 아니었으니.

'고생 좀 하라고, 마이크.'

마이크 트라웃이 겪을 시련의 시기를 앞당긴 남자, 김신이 순탄치 않을 6월을 보낼 트라웃에게 심심한 사과를 건네며 돌아온 공을 포구할 무렵.

"타임!"

눌러쓴 헬멧의 챙으로 표정을 가린 채.

트라웃이 타석에서 물러났다.

○

야구.

그것이 언제부터 자신의 꿈이었는지, 트라웃은 확실하게 대답할 수 없었다.

그저 기억조차 없는 어린아이였을 때부터 TV 앞에 앉아 홀린 듯 야구 경기를 지켜보았고, 자연스레 야구 선수는 그의 목표가 되어 있었다.

아니, 정확히는 평범한 야구 선수가 아니라 어린 그에게 거대한 충격으로 다가왔던 사람처럼 되고 싶었다.

그래서 노력했다.

그 사람과 같은 보직을 자처했고, 하루가 모자라도록 정신없이 치고 달리고 받고 던졌다.

일신우일신 성장해 가는 스스로의 모습은 마약보다 중독적이었고.

정신을 차렸을 땐 이미 야구라는 것이 그의 삶 자체가 되어 있었다.

시간은 빠르게 지나갔다.

비록 롤 모델로 삼았던 선수와 같은 유격수가 아닌 중견수가 되었고, 그와는 달리 유니폼에 줄무늬는 새기지 못했지만.

이제 트라웃은 그와 같은 그라운드에서 방망이를 휘두르는, 한 사람의 당당한 메이저리거가 되었다.

그런데 그 사람을 정면으로 마주 보면서 이렇게 맥없이 물러난다고?

'한번 해 보자.'

데릭 지터.

8살 트라웃의 가슴에 야구라는 스포츠를 강렬히 박아 넣은 남자.

투수의 뒤편에서 담담한 표정으로 자신을 지켜보고 있는 어린 시절의 우상을 바라보며.

마이크 트라웃은 이를 악물고 천천히 다시 타석에 섰다.

'레그 킥은 더 빠르고 간결하게. 배트는 눕혀서 허리부터.'

폼을 즉석에서 뜯어고치는 건 불가능하다.

하지만 '조금' 변형하는 정도라면?

트라웃은 손아귀에 힘을 주며 되뇌었다.

'할 수 있어. 아니, 한다.'

[김신 선수, 제2구!]

철벽을 형상화한 것 같은 마운드의 투수로부터 흰색 선이 쏟아지는 동시에.

트라웃의 몸이 번개같이 움직였다.

콰직—!

평상시의 절반이 채 될까 말까 한 급격한 레그 킥.

하지만 정확하게 땅을 디딘 발에서부터 전달된 힘은 허벅지와 엉덩이를 거쳐 허리와 상체로 모여 들었고.

부웅—!

부드럽게 휘둘러진 배트는 어처구니없게도 간단히 습관을 이겨 내고 무릎이 아닌 허리 어림에서 돌아 나왔다.

우득—!

그리고 그와 보조를 맞춰, 잠시 숨죽이고 있던 전신에서 모인 힘이 홈플레이트를 갈구하며 날아오는 공을 향해 폭발했다.

"흐읍—!"

영웅서사시에서는 진부하게 등장하지만.

시련 앞에서 갑자기 각성하여 강해진다는 건 대다수의 사람들에겐 해당 사항이 없는 이야기다.

그러나 위기의 상황에서 제 능력을 120% 발휘하게 해 주는, 마치 해내는 것이 기정사실이라는 듯한 강력한 자기암시.

초구를 지켜보는 것만으로도 상대를 간파하고, 본능적으로 더 나은 길을 선택하도록 인도하는 압도적이다 못해 폭력적인 재능.

마지막으로 상상을 현실로 만들 탄탄한 신체적 기반.

그 모든 걸 가진 영웅에게는.

따아악—!

가능한 이야기였다.

손에서 공이 떠나고, 역동적으로 움직이기 시작한 트라웃의 몸이 눈동자를 가득 채운 순간.

김신의 귓가에 그의 절대적인 재능이 토해 내는 경종이 울렸다.

왜애애애애앵—!

그리고 그 경종 소리를 끊어 내고 그라운드를 진동시키는 청아한 타격음을 들으며.

따아악—!

[좌측! 큽니다아—!]

김신은 지금까지 수많은 사람이 그를 보고 떠올렸을 생각을 뇌리에 담을 수밖에 없었다.

'말도 안 되는……!'

하지만 자신도 모르게 고개를 돌린 김신에게 안심하라는 듯이.

[아, 이 타구가 폴대를 벗어납니다! 파울!]

[김신 선수, 순간 간담이 서늘했겠는데요? 비록 홈런은 되지 못했지만 정말 큼지막한 타구였습니다.]

처음 올라 본 드높은 창공에 정신이 팔린 흰색 공이 길을 잃었다.

그 광경을 확인함과 동시에, 김신의 재능이 사태의 원인을 속삭였다.

'방금 그 스윙은…….'

마이크 트라웃이라는 미친놈이 세 타석 만에 진화했다는 것을.

그리고 다시 마주 본 트라웃의 눈동자에서 뿜어지는 형형한 기세와 격렬하게 표출되는 자신감은, 그 가설이 사실임을 보증해 왔다.

　-분석? 에이, 난 그런 것보다는 그냥 단순하게 하는 게 좋더라.

　-간단해. 눈 크게 뜨고 존에 공이 들어오나 안 들어오나 본 다음에, 있는 힘껏 때리면 돼.

　-빠지면? 안 휘두르면 되지. 어차피 어떤 투수든 스트라

이크는 잡아야 되잖아.

예측하지도 않는다. 생각하지도 않는다.
그저 흔들리지 않을 자신감을 품에 안고 타석에 서서.
존 안에 들어오는 공을 강하게 쳐 낼 뿐.
그것만으로도 염소 소리를 들은 위대한 타자의 얼굴이.
방망이를 곧추세운 눈앞의 청년과 겹쳐지는 순간.
"하하."
김신은 소리 내어 웃었다.
터억—!
그리고 러셀 마틴이 새로 건네준 공을 거세게 움켜쥐었다.
'옛날 생각 나는구먼. 한번 해 보자고, 친구.'
5회에 한 점을 더 추가하여 8-0. 홈런 한 방으로는 절대
역전할 수 없는 아득한 점수 차.
팀원들이 벌어다 준 든든한 지지대가 김신의 등을 떠받들
었다.

[김신 선수 와인드업!]
휘익—!
그 어느 때보다 높이 차 올린 발이 하늘을 찍고.
190 센티미터가 넘는 키의 절반 이상을 차지하는 긴 다리
가 거침없이 뻗어졌다.
콰직—!

마운드 끝까지 나아가 흙먼지를 피워 낸 오른발에서 시작된 파문은 격렬하게 앞을 향해 가는 격류에 힘을 보탰으며.

쐐액-!

그 격류를 게걸스럽게 집어삼킨 김신의 왼팔은.

마침내 허공을 찢어 내고 길을 열었다.

그리고 0.4초 뒤.

[아씻!]

캐스터의 경악성이 TV 밖으로 흘러나왔다.

뻐엉-!

[경기 끝났습니다! 후반에 조금 흔들리긴 했지만, 양키스가 여유롭게 승리를 지켜 냅니다.]

9회 말, 큰 점수 차 덕에 휴식을 부여받은 마리아노 리베라 대신 올라온 이적생 불펜 투수 브래드 피콕의 마지막 공이 미트를 꿰뚫은 순간.

"킴?"

"어디 가!"

더그아웃에 앉아 있던 김신은 마리아노 리베라와 달리 강제 휴식을 취하던 게리 산체스의 외침을 뒤로한 채.

자리를 박차고 일어나 아직 열기가 가시지 않은 그라운드로 달려 나갔다.

[이번 경기 어떻게 보셨나요? 짧게 평해 주시죠.]

[양키스의 방망이가 무서웠다……라고 할 수 있겠네요. 그리고 김신 선수는……]

[엇? 말씀드리는 순간 김신 선수가 갑자기 그라운드로 뛰쳐나왔습니 다! 이게 무슨 일이죠?]

2루에서 반대편 더그아웃으로 터덜터덜 걸어가고 있는 과 거의 친구를 향해.

[마이크 트라웃 선수에게 가는 것 같은데요……? 맞네요! 김신 선수 가 마이크 트라웃 선수를 잡아 세웠습니다.]

그러고는 얼굴에 물음표를 띄운 그에게 준비해 두었던 것 을 내밀었다.

"……?"

"오늘 대단했어, 진심으로. 혹시 괜찮으면 교환하자."

그것은 오늘 경기를 뛰는 동안 땀에 전 유니폼.

그 모습을 확인한 해설자들이 코멘트를 토해 냈다.

[아, 유니폼을 교환하려는 것 같습니다. 최고 구속을 경신하게 해 준 감 사의 표시인가요? 설마 2삼진 1좌익수 플라이를 놀리려는 건 아니겠죠?]

[설마요. 아마 존중과 감사의 표현일 것 같습니다. 한계를 넘게 해 준 상대이니 충분히 그럴 만하죠.]

[역시 그렇겠죠. 103마일이라니. 다시 생각해도 정말 환상적입니다. 그걸 또 워닝 트랙까지 날려 보낸 마이크 트라웃 선수도 그렇고요.]

[맞습니다. 미래가 기대되는 선수들이죠.]

[마이크 트라웃 선수가 유니폼을 벗네요. 아름다운 광경입니다. 잠시 뒤에 있을 수훈 선수 인터뷰가 재밌어지겠군요.]

103마일.

전생과 현생을 통틀어 한 번도 밟아 보지 못한 고지를 점령하게 해 준 감사의 표시이자.

"여기. 너도 대단했어. 공이 무슨 투포환 같던걸."

"하하, 고마워."

길고 긴 전쟁의 시작을 기념하기 위한 의식.

교환한 유니폼을 옆구리에 낀 채 악수까지 나누고 뒤돌아선 두 사람의 머릿속에 흡사한 의지가 머물렀다.

'다음에는 반드시…….'

'다음에도 한 번 더…….'

그리고 이어진 수훈 선수 인터뷰.

"오늘 처음으로 유니폼 교환을 청하셨는데요. 혹시 특별한 이유가 있을까요? 답변 부탁드립니다."

"6회 말 트라웃 선수와의 2구째 공요. 그 이상 잘 던질 수 없는 공이었거든요. 근데 그런 공이 파울 홈런으로 저 멀리 날아가고 나니까 정신이 번쩍 들더라고요. 그래서……."

"그런 분이 존 정중앙에 포심을 꽂아 넣나요? 놀랍군요."

"이 악물고 던진 거죠. 그런데 맙소사! 103마일이 나올 줄이야. 저도 깜짝 놀랐어요. 그에 대한 감사의 표시와 그 공까지도 워닝 트랙까지 날려 보낸 트라웃 선수의 환상적인 타격 능력에 대한 존중의 표시였습니다."

트라웃과의 미담으로 기자들의 손가락을 기쁘게 한 김신은.

"그렇군요. 상세한 설명 감사합니다. 그럼 다음 질문인데요. 오늘 최초 기록이 또 있으시더라고요."

"체인지업 말씀이시군요."

"네, 맞습니다. 그 체인지업에 대해, 코멘트 부탁드려도 될까요?"

"물론이죠."

카메라를 정면으로 바라보며.

"가장 먼저, 프로페서 매덕스께 감사드립니다. 프로페서! 체인지업을 가르쳐 주셔서 정말 감사합니다!"

그들의 미소를 진하게 만들, 또 하나의 특종을 투척하는 것이었다.

다음 권으로 이어집니다